도련님(坊つちゃん, 봇짱)

도련님(坊つちゃん, 봇짱)

도련님

1판 1쇄 발행 | 2002. 7. 19
1판 17쇄 발행 | 2005. 9. 1
2판 5쇄 발행 | 2010. 4. 5

지은이 | 나쓰메 소세키
옮긴이 | 육후연
펴낸이 | 박옥희
펴낸곳 | 도서출판 인디북

등록일자 | 2000. 6. 22
등록번호 | 제 10-1993호
주   소 | 서울시 마포구 용강동 469번지 하나빌딩 2층
전   화 | 02)3273-6895 팩 스 | 02)3273-6897
e-mail | indebook@hanmail.net

ISBN 89-89258-22-7   03830

* 잘못 만들어진 책은 구입처나 본사에서 교환해 드립니다.

classic Letter Book

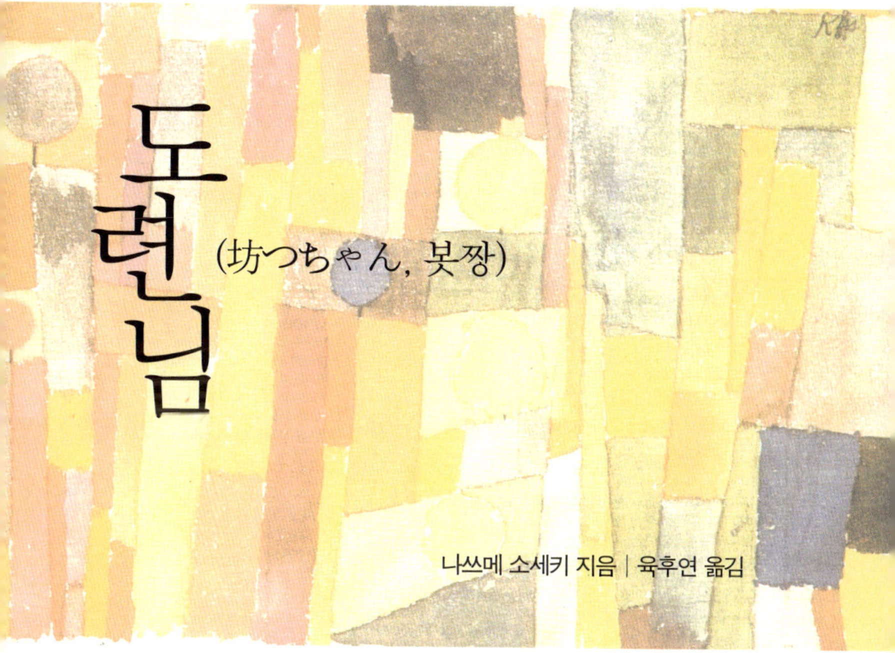

도련님

(坊つちゃん, 봇짱)

나쓰메 소세키 지음 | 육후연 옮김

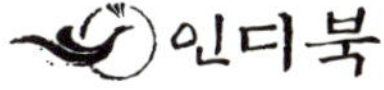

✳ 차 례

제6편 난폭한 도련님!

제 1 편
개구쟁이 시절

장난꾸러기

나는 어렸을 때부터 천성적으로 타고난 덤벙거리는 기질 때문에 실수만 해 왔다.

초등학교 시절, 학교 건물 2층에서 뛰어내리는 바람에 허리를 삐어서 2주일 동안 고생한 적도 있었다. 왜 그런 무모한 짓을 했냐고 물어도 나에게 별 뚜렷한 이유가 있는 것은 아니다. 새로 지은 건물 2층에서 창문 밖을 내다보고 있는데 반 친구 한 명이 농담조로 시비를 걸어왔다.

"네가 아무리 빼겨도 거기서 뛰어내릴 용기는 없을걸. 이 겁쟁이야!"

그 바람에 그만 몸을 날려 버린 것이다. 급사에게 업혀서 집으로 돌아왔을 때 아버지가 눈을 부릅뜨고 호통을 치셨다.

"겨우 2층 정도에서 뛰어내리고선 허리를 삐는 바보가 어디 있어!"

나는 대답했다.

"다음번에는 허리를 삐지 않고 뛰어내릴 겁니다."

또 한번은 친척에게서 외제 칼을 선물로 받았다. 새파란

칼날을 햇빛에 번쩍거리며 친구들에게 자랑을 하고 있는데 한 놈이 빈정거리며 말했다.

"번쩍거리긴 한데, 왠지 잘 들지 않을 것 같아."

"절대로 그렇지 않아! 뭐든지 잘라 보여주겠어."

내가 호언장담을 하자, 그 친구는 이렇게 주문했다.

"그럼, 어디 네 손가락 한번 잘라 봐."

"고작 손가락이냐? 잘 봐."

나는 오른손 엄지손가락 등을 비스듬하게 칼로 그었다. 다행히 칼이 작고 엄지손가락 뼈가 억센 덕분에 지금도 엄지손가락은 손에 붙어 있다. 그러나 그 상처는 평생 없어지지 않을 것이다.

마당에서 동쪽으로 20보쯤 되는 곳에는 조그마한 채소밭이 남쪽으로 비스듬히 일구어져 있었고, 밭 한가운데는 밤나무 한 그루가 서 있었다. 이것은 내 목숨보다 소중한 밤나무였다. 밤의 아람이 벌어질 무렵이면, 나는 아침에 일어나는 즉시 뒷문으로 달려가서 떨어진 밤알을 주워 학교에 가지고 가 먹곤 하였다.

채소밭에서 서쪽으로 난 길은 야마시로야(山城屋)라는 전당포와 연결되어 있었다. 이 전당포 주인에게는 칸타로(勘太郎)라는 열서너 살짜리 아들놈이 있었는데 칸타로는 겁쟁이였다. 그런데 이 겁쟁이가 가끔씩 채소밭에 둘러쳐 놓은 큰 울타리를 넘어와서 밤 서리를 해 가곤 했다.

어느 해질 무렵 나는 문 뒤에 숨어 있다가 마침내 칸타로를 붙잡았다. 빠져나갈 구멍을 잃은 칸타로는 기를 쓰고 덤벼들었다. 나보다 2살 위인 칸타로는 겁쟁이긴 하지만 힘은 세다. 그 짱구 대가리를 나의 가슴에 들이대고 콱콱 밀어붙였는데, 그때 그만 칸타로의 머리통이 내 겹옷소매 속으로 들어가 버렸다. 덕분에 나는 손을 제대로 쓸 수 없었다.

내가 마구 팔을 흔들었더니 소매 속에 들어 있는 칸타로의 머리가 좌우로 덜렁덜렁 흔들렸다. 나중에는 어지러워서 참기 어려웠던지 소매 속에서 내 팔을 물고 늘어졌다. 나는, 물린 팔이 아파서 칸타로를 울타리 쪽으로 밀어붙이고 다리를 걸어 울타리 너머로 넘어뜨렸다.

야마시로야의 마당은 우리 채소밭보다 여섯 자(약 1.8미터) 가량 낮다. 칸타로는 큰 울타리를 거의 절반이나 망가뜨리고서 자기네 집터에 거꾸로 떨어져 "끙끙" 하는 신음소리를 냈다. 칸타로가 나가떨어질 때 내 겹옷 소매도 같이 뜯겨져 나갔는데, 그때서야 비로소 팔이 자유롭게 되었다. 그 날 밤 어머니가 야마시로야에 사과하러 다녀오시면서 겹

옷 한쪽 소매도 찾아 오셨다.

그 외에도 어지간히 장난을 쳤다. 목수 집 아들인 가네(兼)녀석과 생선가게의 가쿠(角)와 함께 모사쿠(茂作)네 당근 밭을 망쳐놓은 일이 있었다. 당근 싹이 아직 덜 자란 곳에 짚을 덮어두었는데, 그 위에서 한나절을 셋이서 씨름을 해댔더니 당근이 몽땅 짓밟혀 못쓰게 되었다.

후루가와(古川)네 논물을 막아 놓고서는 뒤처리하느라 곤혹을 치르기도 했다. 그것은 굵은 왕죽(王竹)의 마디를 뚫어 흙 속에 깊숙이 파묻어 놓으면, 그 속에서 물이 솟아나와 근처 논에 물을 대는 것이었다. 그 당시 어린 우리들이 그런 원리를 알 턱이 없었기 때문에 돌이나 막대기를 물구덩이 속에 잔뜩 눌러 놓고는 물이 나오지 않는 것을 확인하고 집으로 돌아와 밥을 먹고 있었다. 그런데 후루가와가 시뻘건 얼굴로 달려와서 격분하여 소리를 질렀다. 아마 벌금을 내고 사건이 해결된 것으로 기억한다.

아버지는 눈곱만큼도 나를 귀여워하지 않았고, 어머니는 형만 두둔했다. 아버지는 늘 나에게 이런 말씀을 하셨다.

"이 녀석은 변변한 인간이 못 될 게 뻔해."

어머니까지 한말씀 거드셨다.

"개구쟁이도 이런 개구쟁인 없을 거야. 앞날이 캄캄하

구나.”

지당하신 말씀이다. 말씀대로 변변치 못한 놈이다. 어머니가 병환으로 돌아가시기 이삼 일 전이었다. 부엌에서 공중제비를 넘다가 그만 부뚜막 모서리에 갈비뼈를 부딪쳤다. 아픔은 이루 말할 수 없었다. 어머니가 진노하시며 이렇게 말씀하셨다.

“너 같은 놈은 꼴도 보기 싫다.”

쫓겨나다시피 한 나는 친척집에 가 있었다. 그러던 어느 날, 마침내 어머니가 돌아가셨다는 기별이 왔다. 그렇게 빨리 돌아가실 줄은 상상도 못했다.

‘그렇게 병환이 깊으신 줄 알았다면, 좀더 얌전하게 굴걸……’

나는 때늦은 후회를 하면서 집으로 돌아왔다. 그런데 형이 나에게 다짜고짜 어머니를 빨리 돌아가시게 한 불효자라고 했다. 나는 참을 수가 없어서 형의 뺨따귀를 올려붙였다. 물론 몹시 꾸중을 들었다. 어머니가 돌아가신 뒤로는 아버지, 형, 나 이렇게 셋이서 함께 살았다.

형은 장래 사업가를 꿈꾸며 영어공부를 열심히 했다. 원래 계집애같이 약삭빠르기 때문에 나와는 늘 앙숙관계였다. 열흘에 한 번은 싸움을 했다.

어느 날 장기를 두는데 비겁한 말[馬]을 써서 사람을 난 처하게 만들어 놓고는 재밌다는 듯이 놀렸다. 너무 울화가 치밀어서 손에 쥐고 있던 차(車)를 형의 미간에 던졌는데, 그만 이마가 터져서 피가 약간 흘렀다. 형은 아버지에게 고 자질을 했고, 아버지는 부모 자식간의 정을 끊겠다고 하시 면서 나를 야단치셨다.

하녀 기요(淸)

그때는 '이제 끝이구나' 생각하고 아버지의 말 씀대로 의절당할 각오를 하고 있었는데, 집에 서 10년 가까이 일하고 있는 '기요'라고 하는 하녀가 아버 지에게 울면서 나를 용서해 달라고 빌었다. 그때서야 아버 지는 겨우 화를 푸셨다.

하지만 나는 아버지가 그다지 무섭지 않았다. 오히려 그 런 기요가 가엾다는 생각이 들었다. 기요는 본래 지체 있는 집안출신이라고 했다. 그런데 도쿠가와 막부(도쿠가와 이에야

스(德川家安)가 1603년 에도(江戶)에서 시작한 막부(幕府))가 붕괴되면서 가문이 몰락하여 결국엔 남의집살이를 하게 되었다고 한다. 그런데 이 할멈이 무슨 까닭인지, 나를 끔찍이 귀여워해 주었다. 참 모를 일이었다.

가끔 기요는 부엌에서 아무도 없을 때면, "도련님은 솔직하시고 좋은 성격을 가지셨어요"라고 나를 칭찬한다. 그러나 나는 기요의 이 칭찬을 좀체 이해할 수 없었다. 내 성격이 좋다면, 그렇다면 기요 외의 다른 사람들도 나에게 잘해 줄 것이 아닌가? 기요가 그런 말을 할 때마다 나는 아첨하지 말라고 했다. 그러면 기요는 사랑 가득한 눈빛으로 나를 바라보며 말했다.

"그러니까 좋은 성격이에요."

어머니가 돌아가신 뒤부터 기요는 더욱 나를 애지중지해 주었다. 이따금 자기 돈으로 방울떡과 과자를 사 주었고, 추운 겨울밤이면 몰래 메밀가루를 사 두었다가, 자고 있는 내 머리맡에 메밀 죽을 갖다 놓기도 했다. 어느 날은 냄비우동까지 사다 주었다.

단지 먹거리만이 아니었다. 양말을 비롯하여 연필, 공책도 받았다. 훨씬 나중의 일이지만, 돈을 3엔(당시의 1엔은 지금의 3,500엔에 해당함)이나 빌려 주기까지 했다. 빌려 달라고 한 것도 아닌데, 일방적으로 돈을 가지고 와서는 용돈이 떨어져 궁할 테니 쓰라고 하면서 건네주는 것이었다. 나는 당연히 필요 없다고 거절했지만 막무가내였다. 원체 고집을 부려서 받아 두었지만, 내심 너무 좋았다.

그런데 그 3엔을 지갑에 넣고서 지갑을 품에 넣은 채 뒷간에 갔는데 그만 빠뜨리고 말았다. 할 수 없이 어슬렁어슬렁 나와 기요에게 사정을 말했더니, 그녀는 재빨리 대나무 막대기를 찾아와서는 건져 주겠다고 했다.

잠시 후 우물가에서 물소리가 들려서 나가 봤더니 똥통 속에서 대나무 막대기로 건져낸 지갑을 막대기 끝에 걸친 채 씻고 있었다. 그런 후 1엔짜리 지폐가 괜찮은지 궁금해서 지갑을 열어 보니 지폐가 갈색으로 변해 무늬가 뚜렷하지 않았다. 기요는 그 돈을 화롯불에 말리더니 내 앞에 내놓았다.

"이만하면 되겠죠?"

나는 잠깐 냄새를 맡아 보았다.

"어휴! 지독한 구린내."

"그럼 이리 주세요. 바꿔서 갖다 드릴 테니까요."

그러더니 어디서 무슨 수를 썼는지 지폐 대신에 은화로 3엔을 가지고 왔다. 나는 이 3엔을 어디에 썼는지 기억하

지 못한다. 곧 갚겠다고 말하고는 아직도 갚지 않았다. 이제는 열 배로 갚고 싶어도 갚을 수가 없다.

기요는 아버지나 형 몰래 나에게 무언가를 주었다. 나는 사람들 눈을 속여가면서 나만 덕 보는 것은 무엇보다도 싫었다. 물론 형과는 사이가 좋지 않았지만, 형 몰래 기요가 주는 과자나 색연필을 받고 싶지는 않았다. 나는 기요에게 이런 질문을 한 적이 있었다.

"왜 나에게만 주고, 형에게는 주지 않지?"

그러자 기요는 시치미를 뚝 떼고서 말했다.

"형은 아버님이 사 주시니까 괜찮아요."

이건 모함이다. 아버지는 완고하시지만, 그런 편벽한 행동을 하실 분은 아니다. 그러나 기요에게는 그렇게 보이나 보다. 완전히 나를 향한 사랑에 빠졌던 것이 틀림없다. 근본은 지체가 있다 할지라도 교육을 받지 못한 할멈이기에 어쩔 수가 없었다.

단지 이것뿐만이 아니다. 편애는 무서운 것이다. 기요는 내가 장래에 출세하여 훌륭한 사람이 될 거라고 굳게 믿고 있었다. 그런가 하면 열심히 공부만 하는 형을 허여멀거니 아무짝에도 쓸모가 없을 거라고 혼자서 단정 지어 버렸다.

이런 할멈을 무슨 수로 당해낸단 말인가! 자기가 좋아하는 사람은 반드시 훌륭한 사람이 되고, 싫어하는 사람은 반드시 망한다고 믿고 있었다.

나는 그때에도 특별히 장래에 뭐가 될지 고심하지 않았다. 그러나 기요가 "된다, 된다"하는 바람에 그래도 뭔가 될 수 있을 거라는 막연한 생각을 하고 있었다. 어느 날 기요에게 이런 질문을 한 적이 있었다.

"내가 장래에 어떻게 되어 있을 것 같아?"

그러면 기요 자신도 별다른 생각이 없었던 모양인지 다만 이렇게 말했다.

"자가용을 굴리고, 멋진 현관이 있는 저택을 장만하실 거예요."

또 기요는 내가 집이라도 장만하여 독립하게 된다면 같이 지낼 생각도 하고 있었다.

"제발 도련님 곁에 있게 해 주세요."

이 말을 몇 번이나 되풀이했던 것이다. 나도 왠지 집을 장만하게 될지도 모른다는 생각이 들어 그렇게 하겠다고 대답은 했지만, 걷잡을 수 없는 상상력의 소유자인 할멈은 여기서 멈추지 않고 자기 마음대로 세운 계획을 늘어놓았다.

"도련님은 어디가 좋으세요? 고지마치(麴町)인가요? 아사부(麻布)인가요? 마당에 그네를 만드세요. 그리고 응접실은 하나면 충분해요."

그 당시에는 집 같은 것은 가지고 싶지도 않았다. 양옥이든 일본식 집이든 전혀 필요성을 느끼지 못했기 때문에 나는 기요에게 그런 건 갖고 싶지 않다고 대답했다. 그러면 욕심이 없고 깨끗한 마음을 가졌다고 또 칭찬해 주었다. 기요는 내가 무슨 말만 하면 칭찬을 했다.

어머니가 돌아가시고 5, 6년간은 기요와의 이런 생활이 계속되었다. 아버지에게 꾸중을 듣고, 형과 싸움을 하고, 기요는 과자를 주었고, 때로는 칭찬해 주었다. 특별히 바라는 것 없이 그것에 만족하며 살았다. 다른 아이들도 대개 이런 삶일 것이라고 생각했다. 단지 기요가 무슨 일이 생길 때마다, 나보고 "불쌍한 도련님, 불행한 도련님"이라고 마구 말하는 바람에 그냥 '가엾고 불행한 처지려니' 하고 생각했다. 그밖에는 아무 문제가 없었다. 다만 아버지가 용돈을 주시지 않는 것에는 질렸다.

독립

어머니가 돌아가신 지 6년째 되는 정월에 아버지도 중풍으로 운명을 달리하셨다. 그해 4월에 나는 어느 사립학교를 졸업했고, 형은 6월에 상업학교를 졸업했다. 형은 회사의 규슈(九州)지점으로 자리가 나서 떠나야만 했고, 나는 도쿄에서 남은 공부를 계속해야만 했었다.

형은 집을 팔아서 재산을 정리하고 떠나겠다고 말했다. 나는 마음대로 하라고 했다. 나는 형 신세를 질 생각은 꿈에도 없었다. 돌봐 줘도 싸울 게 뻔하다. 그렇게 되면 형도 가만히 있지만은 않을 것이다. 어정쩡한 보살핌을 받으며 형한테 고개를 숙이며 사느니 차라리 우유 배달로 먹고살겠다는 각오까지 했다.

형은 고물상을 불러 조상 대대로 물려받은 잡동사니를 헐값으로 팔아 버렸다. 집은 어떤 사람의 소개로 어느 부자에게 넘겨졌다. 상당한 돈을 받은 모양이지만, 자세한 내용은 모른다. 한 달 전부터 나는 앞날을 결정할 때까지 간다(神田)의 오가와 마치(小川町)에서 하숙을 하고 있었다. 기요는 몇 년 동안 살아왔던 집이 남의 손에 넘어가는 것에 크게 상심했지만, 자신의 집이 아니므로 어쩔 수가 없었다.

형과 나는 이렇게 헤어졌다. 그러나 딱하게도 기요의 갈 곳이 문제였다. 물론 형은 데리고 갈 처지도 못 되고, 기요도 형의 꽁무니를 좇아 규슈의 끄트머리까지 갈 생각은 아예 하지 않았다. 그렇다고 내 처지는 어떤가? 다다미 네장 반의 싸구려 하숙방에 틀어박혀 있는데, 그것조차도 여차 하면 당장 나가야 하는 형편이었다. 어찌 해볼 도리가 없어 나는 기요에게 물었다.

"어디 남의집살이라도 할 생각이야?"

그러자 기요는 결심한 듯 말했다.

"도련님이 집을 장만하고 결혼을 하실 때까지는 어쩔 수 없으니 조카의 신세를 지렵니다."

기요의 조카는 재판소에서 서기로 근무하고 있어 무엇보다도 생활에 걱정이 없었고, 기요에게 함께 살자고 몇 번이나 권하고 있던 차였다. 하지만 기요는 비록 고용살이를 할망정 오랫동안 살아온 정든 집이 더 좋다고 하면서 가지 않았다.

그러나 지금은 사정이 달라졌다. 낯선 집에 새로 들어가

쓸데없이 마음을 쓰는 것보다 조카 신세를 지는 편이 낫다고 생각한 모양이었다. 그건 그렇고, 기요는 나에게 빨리 집을 장만해라, 장가를 가라, 와서 도와주겠다는 등 요구사항이 많았다. 피붙이인 조카보다도 남인 내 쪽이 훨씬 좋은 모양이었다.

형은 규슈로 떠나기 이틀 전에 하숙집에 찾아와서 돈 600엔을 내놓으며 이 돈으로 장사 밑천에 대든지, 학비로 쓰든지, 마음대로 해도 좋다고 말했다. 그 대신 더 이상의 도움은 줄 수 없다고 일침을 가했다.

형이 지금까지 한 일 치고는 기특하다. 이까짓 600엔쯤 없어도 살 수는 있다. 그러나 여느 때와는 다른 형의 담백한 행동이 마음에 들어서 고맙다고 하고 받아 두었다. 그리고 형은 또 50엔을 내놓으며 가는 김에 기요에게 전해 달라고 했다. 그리고 이틀 후 신바시(新橋)역에서 형과 헤어진 후로는 단 한 번도 만나지 못했다.

나는 자리에 누워서 600엔을 어디에 쓸지 곰곰이 생각해 보았다. 장사는 귀찮다는 생각도 들고 잘 될 것 같지도 않았다. 게다가 600엔을 가지고 장사다운 장사는 어림도 없다. 설령 된다고 하더라도 지금 나에게는 내세울 학벌이 없으므로 결국 손해 보는 장사를 할 것이 분명했다. 그래서 장사는 그만두고 공부를 하기로 했다. 600엔을 3등분하여 일년에 200엔씩 사용한다면 3년간은 공부를 할 수 있을 것이다. 또 3년간 열심히 한다면, 뭐든 될 수 있다는 생각도 들었다.

그런 다음 어느 학교를 다닐지 생각해 보았다. 그런데 학문은 천성적으로 나와 맞지 않았다. 더구나 어학이나 문학 같은 것은 정말 질색이었다. 신체시(新體詩)로 말한다면 스무 줄 가운데서 한 줄도 모른다. 하지만 어차피 싫다면, 어떤 것을 해도 마찬가지일거라는 생각이 들었다.

그때 다행히 물리학부 앞에 붙은 '학생모집' 광고를 보고서는 뭔가 특별한 인연이라는 생각이 들어 서류를 작성하여 입학 수속을 해 버렸다. 지금 생각해 보면 이런 행동도 물려받은 덤벙꾼의 기질로 인한 실수였다.

어찌되었든 나도 3년간은 남들이 하는 만큼 공부를 했다. 하지만 워낙 소질이 없는 탓인지 석차는 항상 뒤에서 세는 편이 빨랐다. 그런데도 참 이상하게 3년이 지나자 마침내 졸업을 한 것이었다. 스스로도 의아해 했지만, 그렇다고 투정할 이유는 더더욱 없기에 당당하게 졸업했다.

졸업

졸업한 지 8일 만에 교장이 호출을 했다. 무슨 일인가 싶어, 가 보았더니 시코쿠(四國)근방에 있는 중학교 수학교사 자리가 났는데, 월급 40엔을 받고 갈 의사가 있냐는 것이었다. 3년 동안 공부는 했지만 사실 교사가 될 생각도, 시골로 갈 마음도 없었다. 그렇다고 해서 교사 이외에 정한 뚜렷한 목표도 없었기에 그 말을 듣고는 그 자리에서 바로 승낙했다. 이것 또한 넘버꾼의 기질이 발동한 것이었다.

승낙한 이상 부임을 하게 생겼다. 태어나서 도쿄를 벗어나 본 것은 동급생과 함께 가마쿠라(鎌倉)로 소풍을 갔을 때뿐이었다. 이번에는 가마쿠라 정도가 아니다. 훨씬 멀리 가야만 한다. 지도를 보니 바늘 끝만큼 작은 바닷가 고장이었다. 결국 변변한 지역은 아닌 것 같았다. 어떤 고장이며 어떤 사람들이 살고 있는지 모른다. 몰라도 괜찮다. 걱정되지 않는다. 그냥 떠나기만 하면 된다. 그래도 조금은 귀찮다는 생각도 든다.

집 정리를 한 후에도 가끔씩 기요에게 들렀다. 기요의

조카라는 사람은 의외로 괜찮은 사람이었다. 내가 갈 때마다 여러 모로 환대를 해 주었다. 기요는 내 앞에서 조카에게 내 칭찬을 이것저것 해 주었다. 머지않아 졸업을 하게 되면, 고지마치(麴町) 근처에 집을 사서 관공서에 근무하게 된다는 식의 허풍을 떨기도 했다.

마음대로 정한 계획을 혼자서 떠들었기 때문에 당사자인 나는 당황해서 얼굴이 붉어졌다. 그것도 한두 번이 아니었다. 가끔 기요는 어린 시절의 내가 요에 오줌 싼 얘기까

지 끄집어내어 나를 질리게 만들었다. 기요 조카가 어떤 생각을 하면서 기요가 해대는 자랑 아닌 자랑을 듣고 있었는지 난감했다.

기요는 옛 습성에 젖어 있던 여자라서 자신과 나의 관계를 아직도 도쿠가와 시대의 주종(主從)관계로 생각하고 있는 모양이었다. 자신의 주인이면, 조카에게도 주인이 된다고 생각하는 모양이었다. 그야말로 조카의 꼴이 우습게 되었다.

드디어 떠나기 사흘 전에 기요를 보러 갔더니, 북향으로 나 있는 다다미 석장 깔이 방에서 고뿔에 걸려 누워 있었다. 그래도 나를 보자마자 일어나 앉더니, 집은 언제 장만하느냐고 물었다. 기요는 내가 졸업만 하면, 돈이 저절로 주머니 속에서 흘러넘칠 것으로 알고 있었다. 그토록 대단한 사람을 여태껏 도련님이라고 부르면서 어린애 취급하고 있는 것이 더욱 한심하게 느껴졌다.

내가 시골로 발령을 받아서 가기 때문에 당분간 집은 장만하지 못할 거라고 했더니 몹시 실망한 표정으로 희뜩희뜩한 귀밑머리를 자꾸만 쓰다듬었다. 너무 안쓰러운 생각이 들어 안심시켜 줄 요량으로 가도 금방 돌아올 것이며 내년 여름방학에는 꼭 오겠다고 위로해 주었다.

그래도 어정쩡한 표정을 짓고 있기에 선물을 사올 테니 뭐가 갖고 싶으냐고 물었다. 그랬더니 에치고(越後)의 갈잎으로 싼 엿이 먹고 싶다고 했다. 에치고의 갈엿은 들어 본 적도 없다. 그리고 결정적으로 갈엿을 파는 곳은 반대 방향이었다.

내가 가는 시골에는 갈엿이 없을 거라고 했더니 행선지가 어디냐고 물었다. 서쪽이라고 하니까 하코네(箱根) 지나서인지, 못 가서인지, 물었다. 뭐라고 해야 할지 난감했다.

출발하는 날, 기요는 아침부터 와서 이것저것 챙겨 주었다. 오는 길에 잡화상에서 사온 칫솔과 이쑤시개와 수건을 가방에 넣어 주었다. 필요 없다고 해도 막무가내다. 인력거로 나란히 역에 도착하여 플랫폼에 나가서는 기차에 오른 내 얼굴을 하염없이 바라보며 이게 마지막이 될지도 모르니 부디 몸조심하라며 목 메인 소리로 울먹였다. 눈물이 글썽글썽 고여 있었다. 나는 울지 않았다. 그러나 하마터면 울 뻔했다. 기차가 웬만큼 움직이고 나서 이젠 괜찮겠지 하고 창 밖으로 고개를 내밀어 돌아보니 아직도 서 있었다. 웬일인지 기요가 무척 작게 느껴졌다.

제 2 편
선생님이 된 도련님

시코쿠(四國)의 중학교

증기선이 기적을 울리며 멈추었다. 부둣가에서 거룻배가 다가왔다. 사공은 벌거벗은 몸에 붉은 훈도시(남자의 음부를 가리는 폭이 좁고 긴 천)만 차고 있었다. 상놈들이 사는 곳임에 틀림없다.

'하기야, 이 더위에 기모노는 입을 수 없겠지.'

강렬한 태양 빛에 바닷물이 유난히 반짝거린다. 보고만 있어도 눈앞이 아찔해질 정도다. 승무원이 나에게 여기(마츠야마(松山)에서 가까운 미츠하마(三津浜)를 일컬음)서 내려야 한다고 일러주었다. 사람을 어떻게 보고 이런 곳으로 보냈단 말인가? 업신여겨도 유만부동이지.

도저히 이런 곳에선 견딜 수 없을 것 같았다. 하지만 어쩔 수 없었다. 맨 먼저 거룻배로 세차게 뛰어들었다. 뒤따라서 대여섯 명이 탔고, 큰 상자를 네 개쯤 실은 후 붉은 훈도시는 배를 저어서 부둣가로 돌아왔다.

부둣가에 거룻배가 닿았을 때에도 나는 맨 먼저 육지에 뛰어 올라와서는 해변가에 얼쩡거리고 있던 코흘리개를 붙잡고는 대뜸 중학교가 어디냐고 물었다. 애송이 녀석은 멍하니 서서는 모른다고 했다.

'멍청한 시골뜨기 같으니! 손바닥만한 동네에 살면서 중학교가 어디 있는지 모르는 녀석이 어디 있담?'

그때 마침 희한한 통소매(소매가 없고 나무통이 달린 일본 옷)를 입은 남자가 와서는 자기를 따라오라고 해서 따라갔더니, 미나토야(港屋)라고 하는 여관으로 데리고 갔다. 여관에 들어서자, 어서 오라고 손님을 맞이하는 여자들의 간드러진 목소리가 순간 너무 불쾌하고 꺼림칙하여 들어가기가 싫었다. 나는 문간에 들어서서는 대뜸 중학교 위치를 가르쳐 달라고 했다. 그러자 중학교는 여기서 기차로 한 8킬로 정도를 가야만 한다고 했다. 그 소리를 들으니 더욱 여관에 들어가기가 싫어졌다.

그런데 갑자기 통소매의 남자가, 들고 있던 내 가방 두 개를 빼앗아 들고는 여관을 나와 어정어정 걷기 시작했다. 여관 사람들은 나를 이상한 표정으로 보고 있었다.

기차역은 금방 알 수 있었다. 표도 수월하게 구했다. 차에 오르고 보니 성냥갑 같은 기차였다. 기차가 덜컹거리며 겨우 5분 정도를 달렸는데 벌써 목적지에 도착했다. 어쩐지 기차표가 겨우 3전으로 저렴하다고 생각했었다. 플랫폼을 나와서 인력거를 잡아타고 중학교에 갔는데 이미

港屋

방과 후여서 모두가 퇴근하고 없었다. 숙직 선생은 잠깐 볼일이 있어 나갔다고 급사가 일러주었다. 참 편한 숙직도 다 있다.

교장이라도 보고 갈까 했지만, 피로가 몰려와 인력거를 타고 여관으로 데려다 달라고 운전사에게 일렀다. 운전사는 기세 좋게 야마시로야(山城屋)라고 하는 여관에 데려다 주었다. 야마시로야라면 전당포를 하는 칸타로네 가게와 상호가 같아서 왠지 우스운 생각이 들었다.

무슨 일인지는 몰라도 나를 2층 계단 밑에 위치한 어두컴컴한 방으로 안내했다. 더워서 도저히 견딜 수가 없었다. 이런 방은 싫다고 했더니 공교롭게도 빈방이 없다고 하면서 내 가방을 내팽개친 채 나가 버렸다. 하는 수 없이 방으로 들어가 땀을 뻘뻘 흘리며 참고 있을 수밖에 없었다. 잠시 후에 목욕물을 받아 놓았다고 해서 가서 욕탕에 텀벙 뛰어들었다가 금방 나와 버렸다.

목욕 후 방으로 돌아오면서 둘러보니 시원해 보이는 빈방들이 많이 있었다. 괘씸한 자들 같으니. 거짓말을 한 것이다. 하녀가 밥상을 들여와 어디에서 왔냐고 묻길래 도쿄에서 왔다고 대답했다.

"도쿄는 좋은 곳일 테지요."

"물론이죠."

하녀가 밥상을 물리고 부엌으로 간 후 박장대소하는 소리가 들렸다.

따분한 마음에 바로 자리에 누웠지만 잠을 이룰 수가 없었다. 더운 데다가 시끄럽기까지 했다. 전의 하숙집보다 다섯 배는 어수선했다. 꾸벅꾸벅 졸다가 기요 꿈을 꾸었다. 기요가 에치고의 갈엿을 잎사귀 채 우적우적 먹고 있었다. 잎사귀는 해로우니까 먹지 말라고 했더니 막무가내로 잎사귀가 약이라면서 맛있게 먹고 있었다. 어이가 없어서 크게 웃는 바람에 잠이 깨었다.

하녀가 덧문을 닫고 있다. 여전히 하늘에 구멍이 난 듯한 날씨였다.

여행을 하면 반드시 팁을 줘야 한다고 했다. 팁을 주지 않으면 푸대접을 받는다는 말을 들었다. 이런 비좁고 칙칙한 방에 나를 들인 것도 팁을 주지 않은 탓일 것이다. 초라한 행색을 하고, 헝겊가방에 공단으로 된 우산을 들었기 때문일 것이다.

'시골뜨기 주제에 사람을 얕보았겠다. 팁을 줘서 한 번 놀라게 해 줘야지.'

나는 이래봬도 학비를 충당하고 남은 돈 30엔을 가지고 도쿄를 떠나왔다. 기차와 배 삯과 잡비를 제하고도 아직 10엔이 남아 있다. 팁으로 다 준다고 해도 앞으로 월급을 받을 거니까 어려움은 없다. 촌사람들은 인색해서 5엔만 주어도 놀라서 눈이 휘둥그레질 것이다.

어떻게 하나 보려고 시치미를 뚝 떼고서 세수를 하고 방으로 돌아가서 하녀가 오기만을 기다리고 있었다. 어제 저녁에 들렀던 하녀가 밥상을 들고 왔다. 쟁반에 받쳐 밥 시중을 들면서 별나게 싱글싱글 웃는다. 정말 버릇없는 여자다. 식사 후에 주려고 했었는데 약이 올라 도중에 5엔짜리 한 장을 꺼내어 건네주면서 나중에 이것을 카운터에 갖다 주라고 했더니 하녀는 의외라는 표정을 지었다. 그런 후에 식사를 마치고 곧장 학교로 갔다.

구두는 닦아 놓지 않았다. 학교는 어제 인력거를 타고 가 보았기 때문에 대략 위치를 알고 있었다. 사거리를 두세 번 돌아가니 바로 학교 정문이 나왔다. 도중에 고쿠라(小倉 : 굵은 실로 두껍게 짠 면직물)로 만든 교복을 입은 학생들을 많이 만났다. 모두가 이 문으로 들어갔다. 개중에는 나보다 키가 크고 힘세 보이는 놈도 있었다. 저런 놈을 가르쳐야 하는가 생각하니 어쩐지 꺼림칙한 기분이 들었다.

명함을 보여 주니 나를 교장실로 안내했다. 교장은 검은 얼굴에 듬성듬성 수염이 나 있었으며 커다란 눈에 마치 너구리 같은 인상의 사나이였다. 그는 지나치게 점잔을 뺐다. 그리고는 아무쪼록 열심히 가르쳐 달라는 부탁을 하면서 큰 도장이 찍힌 임명장을 공손하게 건네주었다.

교장은 지금부터 교직원들을 소개시켜 줄 테니 일일이 그 임명장을 보이라고 일러주었다. 그런 쓸데없는 수고를 하다니, 차라리 그 임명장을 이틀 내지 사흘간 직원실에 붙여 놓는 편이 나을 것이다.

교직원들이 모이려면 첫 수업시간을 마치는 종이 울려야만 한다. 그때까지는 시간적 여유가 있다. 교장은 회중시계를 꺼내 보고서는 차차 애기할 생각이지만, 우선 형편을 대강 알고 있으라고 하면서 교육자의 마음가짐에 대해 장황한 설교를 해댔다.

나는 물론 건성으로 경청하고 있었지만, 듣다보니 여기가 보통은 넘는 학교라는 생각이 들었다. 교장의 말대로는 도저히 따를 수가 없을 것 같았다. 나 같은 덤벙꾼에게 학생의 모범이 되라고 하질 않나, 모두가 우러러볼 수 있는 본보기가 되라는 등 학문 이외에 개인적인 덕을 끼치지 않으면 교육자가 되지 못한다는 등 엄청난 요구를 무턱대고 한다.

그토록 훌륭한 사람이 월급 40엔을 받고, 이런 먼 촌구석으로 올 리가 만무하지 않은가? 인간이란 대개 비슷해서 누구라도 화가 나면 싸우기도 하는데, 이런 분위기라면 입도 뻥긋할 수 없다. 돌아다닐 수도 없다.

'이토록 어려운 자리라면, 채용하기 전에 미리 알려주었어야지.'

나는 거짓말은 못하기 때문에 어쩔 수 없었다. 속은 셈 치고 단념하여 이쯤에서 거절하고 돌아가리라고 생각했다. 주머니 속에는 9엔 몇 십 전밖에 없다. 9엔으로는 도쿄까지 돌아갈 수 없다. 팁을 주지 말았어야 했다. 쓸데없는 짓을 했다. 그러나 9엔으로도 희망이 없는 것은 아니다, 교통비는 모자라지만, 거짓말을 하는 것보다는 낫다고 생각하고 도저히 교장선생님 말씀대로는 할 수 없으니 임명장을 반환하겠다고 했다.

그랬더니 교장은 너구리 같은 눈을 깜빡거리며 내 얼굴을 보고 있다가 한다는 말이, 지금 한 말은 희망사항이며 당신이 그대로 할 수 없다는 것도 잘 알고 있으니까 걱정하지 않아도 된다고 말하면서 웃었다. 그 정도까지 생각했다면, 처음부터 사람을 놀라게 하지 말았어야지…….

인사하는 자리

그 사이에 수업 종료 종이 울렸다. 갑자기 교실 쪽이 소란스러워졌다. 교장은 이미 선생님들이 교무실에 모였을 테니 자기를 따라오라고 했다.

교장을 뒤따라 교무실에 들어섰다. 기다랗고 넓은 방에 선생님들이 책상에 나란히 앉아 있었다. 내가 들어가자 사전에 모의라도 한 듯 일제히 내 쪽을 바라본다. 무슨 구경거리라도 난 것처럼 말이다.

나는 교장이 일러준 대로 일일이 한 사람씩 앞에 가서 임명장을 내놓고 인사를 했다. 대개는 일어나서 인사만 할 뿐인데, 어떤 사람은 정성스럽게 내민 임명장을 꼼꼼히 읽어 보고서 공손하게 돌려주었다.

열다섯 번째로 체육 선생의 차례가 되어 같은 일을 몇 번씩 되풀이하려니까 짜증이 약간 나려고 했다. 상대방은 한 번으로 끝나지만, 나는 같은 동작을 열다섯 번씩이나 반복하고 있었다. 이런 나의 기분을 조금은 헤아려 주면 좋으련만.

인사한 사람 중에 모(某) 씨라고 하는 교감이 있었다. 그는 문학가라고 한다. 문학가라고 한다면, 대학을 졸업한 엘리트일 것이다. 그는 여자같이 가늘고 이상한 목소리를 냈다. 더욱 놀란 것은 이렇게 더운 날씨에 모직 셔츠를 입고 있었다. 천이 얇고 털이 없다고 할지라도 분명 더울 것이다. 문학가다운 고뇌의 차림새라는 생각이 들었다. 게다가 빨간색 셔츠, 사람들의 이목을 무시한 옷차림이다.

나중에 들으니 이 남자는 일년 내내 빨간색 셔츠를 입는다고 한다. 묘한 병도 다 있구나 싶었다.

본인의 설명에 의하면, 빨간색은 몸에 좋아서 건강을 위해 일부러 맞춰 입는다고 한다. 그렇지만 참 쓸데없는 걱정이라는 생각이 들었다. 그렇다면 기모노도 하카마(일본옷 중 겉에 입는 아래옷)도 빨강으로 할 것이지.

그 다음은 이름이 고가(古賀)라고 하는 영어 선생인데 안색이 상당히 좋지 않은 인물이었다. 대개 얼굴빛이 창백한 사람은 야윈 사람이 많은데, 이 남자는 통통하면서 창백한 사람이었다.

옛날 초등학교 다닐 때 아사이 타미(淺井民)라고 하는 동창이 있었는데 아사이의 아버지 역시 이런 안색이셨다. 그 친구의 아버지는 농사꾼이었는데 언젠가 나는 기요에게 농사꾼은 얼굴색이 원래 그러냐고 물어 보았다. 기요는 모두 다 그렇지는 않고, 그 사람은 끝물호박을 먹어서 푸르스름하게 부은 거라고 가르쳐 주었다. 그 이후로 푸르스름하게 부은 사람을 보면, 반드시 끝물호박을 먹은 것에 대한 응보라고 생각했다.

이 영어 선생도 끝물만 먹고사는 모양이다. 그런데 나는 아직도 끝물이 무슨 뜻인지 모른다. 기요에게 물어 본 적은 있는데 기요는 웃으면서 대답은 하지 않았다. 아마 기요도 모르는 모양이었다.

그리고 나와 같은 수학 교사인 홋타(堀田)라는 사내가 있었다. 그는 건장한 체격에 빡빡머리를 하고 있어서 히에이(比叡)산(신앙의 산으로 알려져 있음)의 악승(惡僧)이라고 해도 과언이 아닌 낯짝의 소유자였다. 그는 남이 정중하게 내민 임명장을 아예 거들떠보지도 않았다.

"어이, 자네가 신임인가? 나중에 얘기 좀 하세나. 아하하하!"

뭐가 우습다는 건지. 이런 몰지각한 자와 누가 얘기한단 말인가? 나는 이때부터 그에게 멧돼지라는 별명을 붙여 주었다.

한문 선생은 역시 품행이 단정한 분이었다.

"어제 도착하셔서 피곤하실 텐데…… 벌써 수업을 시작

해야 하니, 고생도 되실 테고……."

역시 쉴 새 없이 늘어놓는 걸 보면, 붙임성이 좋은 할아버지임에 틀림없다.

미술 교사는 완전히 예술가 타입이다. 하늘하늘한 스키야(매우 얇은 견직물)로 된 하오리(일본 옷 위에 입는 짧은 겉옷)를 입고 부채를 접었다 폈다 하면서 말했다.

"고향이 어디십니까? 아? 도쿄? 그거 참 반갑군요, 친구가 생겨서……. 나도 이래뵈도 에돗코(에도(지금의 도쿄)에서 태어나 성장한 사람)랍니다."

이런 밥맛없는 자가 에돗코라면, 도쿄에서 태어나고 싶지 않다는 생각이 절실히 들었다. 그 이외의 사람에 대해서도 쓸 게 많지만, 끝이 없을 것 같아서 이것으로 마친다.

인사가 한차례 끝난 후 교장은 오늘은 이만 돌아가도 좋으며, 수업에 관한 사항은 수학 주임과 협의를 해서 모레부터 수업을 시작해 달라고 했다. 수학 주임이 누구냐고 물었더니 바로 저 멧돼지라고 한다.

젠장! 이 작자 밑에서 일을 해야 한다니 실망이었다.

"어이! 자네, 숙소가 어딘가? 야마시로얀가? 음, 나중에 갈 테니 이것저것 의논 좀 하자구."

멧돼지가 이렇게 말하고는 백묵을 들고 교실로 가 버렸다. 주임인 자기가 찾아와서 상의를 하겠다니 몰상식한 남자다. 그래도 나를 불러내지 않고 자기가 온다니 얼마나 기특한가.

나는 학교를 나와 곧장 여관으로 돌아가려 했으나 가도 특별한 일이 없었기 때문에 마을이나 좀 둘러볼까 하는 생각으로 발길 닿는 대로 여기저기 돌아다녔다.

상당히 낡은 구식 건물인 도청도 보고 병영장도 구경했다. 25만 석(石 : 척관법에 의한 용적의 단위)의 지방이라고는 하지만 별거 아니있다. 이런 곳에 살면서 그래도 지방이라고 뻐기는 인간은 좀 가엾다는 생각이 들었다.

생각에 잠겨 걷다 보니 어느새 야마시로야 앞에 당도했다. 넓은 듯 보여도 좁다는 생각이 들었다. 이것으로 다 돌아본 셈인 듯하다. 들어가서 식사라도 하려고 대문에 들어섰다.

그런데 카운터를 보고 있던 안주인이 나를 보자 급히 달려와서 마룻바닥에 코가 닿도록 인사를 하는 것이다. 구두를 벗고 오르자 빈방이 났다고 하면서 이층으로 나를 안내했다. 안내를 받은 곳은 다다미 15장이 깔린 방으로, 이층 정면에 위치하고 있었으며, 큰 도코노마(床の間 : 일본 건축에서

객실인 다다미방 정면 상좌에 바닥을 한 층 높여 만들어 놓은 곳, 벽에는 족자를 걸고 바닥에 도자기 꽃병 등을 장식해 둠 — 역자 주)가 딸려 있었다.

난생 처음으로 이렇게 멋진 방에 들어와 본 것이다. 언제 다시 이런 호강을 누릴지 모른다. 옷을 벗고 유카다(浴衣 : 일본의 무명 홑옷으로 목욕할 때나 여름철에 입는다)만 걸친 채 방 한가운데에 대자로 드러누워 보았다. 날아갈 듯한 기분이었다.

점심을 먹은 후에 바로 기요에게 편지를 써 보냈다. 나는 문장 실력도 형편없는 데다 글자도 잘 몰라서 편지 쓰기를 무지하게 싫어한다. 그리고 마땅히 편지 보낼 곳도 없다. 그러나 기요는 나를 걱정하고 있을 것이다. 배라도 뒤집혀 죽지는 않았나 하고 걱정하고 있을 게 뻔하기 때문에 큰 맘먹고 장문의 편지를 써서 보냈다. 사연은 다음과 같다.

어제 도착했는데 아주 형편없는 곳이야. 다다미 15장깔이 방에 누워 있어. 여관집에 팁을 5엔 줬는데 그래선지 안주인이 바닥에 코가 닿을 정도로 인사를 하더군. 어젯밤에는 잠을 이루지 못했어. 그건 기요가 갈엿을 갈대 잎 채로 먹고 있는 꿈을 꾸었기 때문이야. 내년 여름엔 돌아갈 거야.

어제, 학교에 가서 여러 선생들의 별명을 나름대로 지어 줬
어. 교장은 너구리, 교감은 빨강셔츠, 영어 선생은 끝물, 수
학 선생은 멧돼지, 미술 선생은 알랑쇠야. 나중에 또 쓸게.
잘 있어.

편지를 쓰고 나니 기분이 한결 나아지면서 졸음이 밀려
왔다. 아까처럼 대자로 누워 꿈도 꾸지 않고 평온하고 느긋
하게 푹 잤다.

밖에서 소란스러운 소리가 나 잠이 깨었다. 이 방이냐고
물어보는 소리였는데, 일어나 보니 멧돼지가 방으로 들어
오고 있었다.

"아까는 미안했네. 자네가 할 일은 말이야……."

이제 막 일어난 사람에게 사정없이 지껄이는 바람에 정
신이 하나도 없었다. 내가 담당할 일을 들어 보니 그다지
어렵지 않을 듯싶어 승낙하였다. 그 정도 업무라면 모레는
물론이고, 내일 당장이라도 출근할 수 있다는 자신감이 들
었다.

수업관련 협의를 마치자 멧돼지는 불쑥 언제까지 이런
여관에서 지낼 수 없으니 좋은 하숙집을 소개해 준다며
그쪽으로 옮길 것을 권유했다. 다른 사람의 말은 통하지

않지만, 자기가 얘기하면 금방 성사되므로 쇠뿔도 단김에 빼랬다고 오늘 당장 가서 둘러본 후에 내일 이사하고, 모레부터 출근하면 딱 안성맞춤이라고 하며 혼자서 북치고 장구치고 다 한다. 하긴 언제까지 다다미 15장깔이 방에 있을 수도 없다. 월급만으로도 숙박료가 모자랄지 모른다. 팁을 5엔씩이나 선뜻 내놓고서 바로 옮기자니 좀 아깝지만, 어차피 옮길 거라면 하루라도 빨리 이사를 해서 안정을 찾는 편이 나으므로 멧돼지에게 그 일을 부탁하기로 했다.

그러자 멧돼지는 우선 함께 가 보자고 했다. 따라가 보니 집은 변두리 언덕 중턱에 위치하고 있어서 아주 한적했다. 주인장은 골동품상을 운영하고 있는 이카 킨(銀)이라는 사나이였고, 안주인은 남편보다도 4살쯤 더 먹은 여자였다. 중학교 다닐 때 윗치(witch : 마녀)라는 영어단어를 배운 적이 있는데, 이 안주인은 바로 그 윗치를 닮았다.

마녀일지언정 남의 부인이니까 상관없다. 나는 내일 이사하기로 결정했다.

돌아오는 길에 멧돼지는 도오리초(通町)에서 나에게 빙수를 한 그릇 사 주었다. 학교에서의 첫 대면 때는 상당히 퉁명스럽고 무례한 작자인 줄 알았는데, 이렇게 여러모로 돌보아 주는 것을 보면 나쁜 친구는 아닌 것 같았다. 단지 나처럼 성급하고 불뚱거리는 성격인 모양이다. 나중에 들으니 이 친구가 학생들 사이에서 가장 인기 있는 선생이라고 했다.

첫 수업

드디어 첫 출근을 했다. 처음으로 교실의 높다란 강단에 올라서니 왠지 묘한 기분이 들었다. 수업을 진행하면서도 "나 같은 놈도 선생을 할 수 있을까" 하는 생각이 들었다. 학생들이 튀는 쩌렁쩌렁한 목소리로 "선생님" 하고 부른다. 그 소리를 들을 때마다 가슴이 턱턱 막힌다.

이제까지 물리학부에서 늘 "선생님, 선생님" 하며 불렀던 입장과 그렇게 불리는 처지는 천지차이다. 왠지 발바닥이 가렵다. 나는 비겁하거나 겁쟁이는 아니다. 하지만 애석하게도 담력이 약하다.

첫 수업 시간은 그럭저럭 잘 넘겼고, 별로 곤란한 질문을 받지도 않았다. 교무실로 돌아오니 멧돼지가 괜찮았냐고 묻기에 그렇다고 간단히 대답했다. 멧돼지는 안심한 모양이었다.

둘째 시간, 백묵을 들고 교무실을 나설 때는 어쩐지 적지로 쳐들어가는 듯한 기분이었다. 교실에 들어서니 이번 반은 전 시간의 아이들에 비해 큰 아이들뿐이었다. 나는 에돗코여서 몸집이 작고 왜소하기 때문에 아무리 높은 강단에 올라서도 위엄 있게 보이지 않는다. 싸움이라면 씨름꾼하고라도 해 볼 자신이 있지만, 이런 큰 까까머리 녀석들 40명을 앞에 놓고 말만 가지고 군기를 잡을 재간이 나에게는 없다.

그러나 이런 촌놈들에게 약점을 보이게 되면, 꼬투리가 잡힐 것이 분명하므로 최대한 목소리를 크게 해서 약간 혀 꼬부리진 말투로 수업을 진행했다.

처음 얼마 동안은 나의 기세에 압도당해 얼빠진 듯한 모습이었다. "그럼 그렇지" 하고 점점 의기양양해져 거칠게 퍼붓고 있었는데 맨 앞줄 가운데 앉아 있던 가장 억세게 보이는 녀석이 갑자기 일어서서 "선생님" 하고 부른다. 용건이 뭐냐고 물었다.

"워따 너무 빨라서 무슨 말인지 몰런께로, 쪼께 찬찬히
해 주겠능게라우— 예."

" '주겠능게라우— 예.' 라는 말은 질질 늘어뜨리는 말투
다. 너무 빠르다면 천천히 하겠지만, 나는 에돗코여서 너희
들의 말투처럼 할 수 없다. 못 알아듣겠으면 알 때까지 기
다리는 편이 나아."

이런 분위기로 두 시간째는 생각보다 잘 넘겼다고 여겼
는데 수업을 마치고 교실을 막 나오려고 하는 순간이었다.

"쪼께 이 문제 좀 풀어주겠능게라우— 예" 하며 한 녀석
이 문제를 들이미는 것이 아닌가? 그것도 풀릴 것 같지도
않은 기하학 문제였다. 식은땀이 흘렀다. 할 수 없이 잘 모
르겠으니 나중에 가르쳐 주겠다고 말하며 허둥지둥 교실
을 빠져나오려고 하는데, 학생들이 "와아" 하고 소리를 지
르며 "못 푼대요, 못 푼대요!" 하며 놀려댔다.

"이 바보들아, 선생님이라고 다 할 수 있는 것은 아니야.
못 하는 것을 못 한다고 하는데, 뭐가 이상하단 말이야? 그
정도 풀 수 있는 실력이라면, 월급 40에 이곳에 올 리가 만
무하지."

나는 이렇게 퍼붓고는 교무실로 돌아갔다. 멧돼지가 이
번에도 어땠냐고 물었다. 괜찮았다고 대답은 했지만, 속이

답답해서 "이 학교 학생들은 멍텅구리만 모였어" 하고 말했더니 멧돼지는 의아한 표정을 지었다.

셋째 시간, 넷째 시간도 그리고 오후 한 시간도 오십보백보였다. 첫날 수업에서는 조금씩 실수를 했다. 교사는 옆에서 보는 것만큼 만만한 게 아니었다. 수업은 그럭저럭 끝났지만, 아직 퇴근하지는 못한다. 3시까지 우두커니 기다려야 한다. 3시에 자기 학급 아이들이 교실 청소를 마쳤다고 알리러 오면, 가서 청소검사를 해야 한다고 한다. 그 다음에 출석부를 한차례 검사하고 나서야 겨우 한숨을 돌릴 수 있다.

아무리 월급으로 팔려온 몸이라고 해도 빈 시간까지 학교에 붙들어매어 놓고 책상과 눈싸움을 시키는 법이 어디 있담? 하지만 다른 사람들이 다 얌전하게 규칙대로 따르는데, 신참인 나만 고집을 부리는 것도 좋은 모양새가 아니므로 참고 있었다. 돌아오는 길에 멧돼지에게 항의를 했다.

"이봐, 어찌 되었든 3시가 넘도록 학교에 잡아 두는 것은 어리석은 짓이야."

"그건 그렇지, 하하하하!"

멧돼지는 웃고 나더니 갑자기 진지한 표정으로 한마디

던졌다.

"자네, 학교에 대한 불평을 너무 입 밖에 내면 못쓰네. 말하고 싶으면 나에게만 말하게. 별 이상한 사람들이 다 있으니까."

사거리에서 헤어지는 바람에 자세한 내용은 물어 볼 여유가 없었다.

골동품 강매

하숙집으로 돌아오니 하숙집 주인이 와서는 차 한잔 마시자고 했다. 차를 마시자고 하기에 자기 차로 대접하는 줄 알았는데, 내 차를 끓여서 스스럼없이 혼자서 마시는 것이었다. 이런 식이라면 내가 없을 때도 자기 마음대로 내 차를 끓여 마실지도 모른다.

"저는 서화(書畵)골동품을 좋아해서 마침내 이런 장사를 시작하게 되었습니다. 당신도 보아하니 상당한 풍류객이신 것 같습니다. 한번 취미로 시작해 보시면 어떻겠습니

54

까?"

주인은 얼토당토하지도 않은 권유를 해 왔다. 아직까지 나를 붙잡고 '상당한 풍류객'이라고 말한 사람은 없었다. 대개는 차림새와 모양으로 알 수 있다. 풍류객이라고 한다면, 그림 속에서 보더라도 두건을 쓰든지 단자쿠(短冊 : 시가 등을 쓰기 위해 좁게 잘라서 만든 종이)를 들고 있기 마련이다. 이런 나를 풍류객이라는 식으로 말하니, 여간내기가 아니라는 생각이 들었다.

"나는 그런 한가한 노인네들의 소일거리 같은 것은 딱 질색입니다."

"아뇨, 처음부터 좋아하는 분은 없습니다. 허나 일단 이 길에 들어서면 좀처럼 빠져나갈 수 없습니다."

그는 웃으면서 이렇게 말하고는 혼자서 야릇한 손놀림으로 차(茶)를 부어 마시고 있었다. 사실은 어제 저녁에 주인장에게 차를 사달라고 부탁을 했었다.

"이런 쓰고 진한 차는 싫습니다. 한 잔만 마셔도 위가 쓰린 듯합니다. 다음부터는 좀 쓰지 않은 것을 사 주십시오."

그는 알았다고 하면서 또 한 잔, 그렇게 없어질 때까지 마셨다. 남의 차라고 마구 마시는 노인네다. 주인장이 돌아간 후 내일 강의할 것을 한번 훑어본 후 바로 잠자리에 들었다.

그 후로는 매일 한결같이 학교에 나가서는 교칙대로 일하고, 매일매일 돌아오면 주인이 "차 한잔 합시다" 하면서 찾아왔다. 일주일 정도 지나니 학교 돌아가는 형편도 어느 정도 알게 되었고, 하숙집 부부의 성격도 대강 파악이 되었다. 교실에서 이따금 실수를 하게 되면 그 순간만 기분이 더럽지, 30분 정도 지나면 말짱했다.

나는 무슨 일이든 간에 진득하게 걱정을 하려고 해도 근심이 되지 않는 놈이다. 앞에서도 말했지만, 나는 그다지 대담한 인간은 아니지만 포기를 잘 하는 인간이다. 이 학교가 정말 아니라면, 바로 어디로든 갈 생각이었기 때문에 너구리나 빨강셔츠도 전혀 두렵지 않았다. 하물며 교실의 저 애송이 따위에게 환심을 사거나 비위를 맞출 필요가 있을쏘냐.

학교생활은 어느 정도 파악하고 있었지만, 하숙집은 그리 간단하지가 않았다. 주인장이 차만 마시러 온다면 그래도 낫다. 올 때는 반드시 손에 골동품을 들고 온다.

처음에 들고 온 것은 도장재료였는데 10개 정도 늘어놓고는 모두 해서 3엔으로, 싸니까 사라고 했다. 내가 뭐 시골로 떠돌아다니는 돌팔이 화가도 아닌데 이런 것은 필요가 없다고 했더니, 이번에는 가산(華山)인가 뭔가 하는 화가의 화조(花鳥)가 그려진 족자를 가지고 왔다. 자기 혼자서 내 방 도코노마에 족자를 걸어 놓고서 걸작이지 않느냐고 하기에 그러냐고 얼렁뚱땅 얼버무렸다.

"가산(華山)이라 불리는 사람이 두 명 있습니다. 한 사람은 ○○ 가산이고, 한 사람은 ○○ 가산인데, 이 족자는 ○○ 하는 가산쪽의 작품입니다. 어떻습니까? 당신에게만 15엔에 쳐 드리겠습니다. 사십시오."

나는 돈이 없다고 했다. 그러자 주인은 "돈은 언제든지 주셔도 상관없습니다" 하고 상당히 완강한 자세로 나왔다. 논이 있어도 사지 않는다고 하자 그때서야 돌아가는 것이 아닌가.

그 다음에는 기왓장만한 벼루를 메고 왔다. 얼마냐고 물었더니, 소장인이 중국에서 가지고 왔는데 싸게 해서 30엔에 주겠다고 한다. 이 사람은 바보임에 틀림없다. 학교 일은 그럭저럭 해 나갈 수 있을 것 같지만, 이렇듯 골동품 강매를 당한다면 오래 지탱할 수가 없을 듯싶다.

덴푸라 선생님

엎친 데 덮친 격으로 학교도 싫어졌다.

어느 날 밤, 오마치(大町)에서 산책을 하고 있었는데 우체국 옆에, 메밀국수라고 쓰여 있고 아래에 도쿄(東京)라는 주석을 덧붙인 간판이 있었다.

나는 메밀국수를 좋아한다. 도쿄에 있었을 때도 국수집 앞을 지나갈 때 그 양념 냄새를 맡으면 국수집 발을 들어올리고 들어가고 싶어졌다. 이제까지는 '수학' 과 '골동품' 때문에 메밀국수를 잊고 있었는데, 이렇게 간판을 보니 그냥 지나칠 수가 없었다. 그래서 한 그릇 먹고 가려고 안으로 들어갔다.

들어가 보니 간판과는 영 딴판이다. '도쿄' 라고 간판에 적었다면 어느 정도 깔끔할 법도 하지만 도쿄에 대해 모르는 것인지, 아니면 돈이 없는 것인지, 지저분하기 짝이 없다. 메뉴 맨 첫 번째에 '덴푸라 국수' 도 있다. 나는 큰 목소리로 '덴푸라' 를 주문했다.

그런데 그때까지 한쪽 구석에서 잠자코 뭔가를 "후루룩, 쩝쩝" 소리를 내며 먹고 있던 무리들이 일제히 내 쪽을 보

았다. 방이 어두워서 알아차리지 못했지만, 얼굴을 마주치고 보니 모두가 학교 학생들이었다. 인사를 하기에 나도 고개를 끄덕였다. 그날 밤에는 오랜만에 먹는 국수라 맛이 있었던지, 덴푸라 국수 네 그릇을 먹었다.

다음 날, 별 생각 없이 교실에 들어서니 칠판 가득히 "덴푸라 선생님"이라고 크게 씌어 있었다. 아이들이 나를 쳐다보고는 모두 "와" 하고 웃었다. 나는 어이가 없어서 덴푸라 국수를 먹는 게 뭐가 우습냐고 소리쳤다.

"허지만, 네 그릇은 심했어라우."

"네 그릇을 먹든지 다섯 그릇을 먹든지 내 돈으로 내가 먹는데, 무슨 상관이지."

나는 서둘러 수업을 마치고 교무실로 돌아왔다. 쉬는 시간 10분 후에 다음 교실에 들어갔더니 "하나, 덴푸라 국수 네 그릇, 단 웃지 말 것"이라고 칠판에 적혀 있었다.

그래도 앞 시간에는 화는 나지 않았다. 이번에는 부아가 났다. 구경하는 데 한 시간도 걸리지 않는 좁은 도시에서 그 어디를 보나 특이한 사건 없는 따분한 곳이라 그런지, 마치 덴푸라 사건을 러일전쟁(露日戰爭 : 1904~1905년, 러시아와 일본의 전쟁)처럼 떠들어대는 모양이다. 딱한 녀석들이다. 어릴 적부터 이런 교육환경 속에서 자라니 분재한 단풍나무

60

처럼 이상하게 삐뚤어진 아이들이 되는 것이다. 순수한 동기라면 함께 웃겠지만, 어떻게 된 건지 아이들이 독기를 품고 있다. 나는 아무 말 않고 덴푸라를 지우고서 말했다.

"이런 장난이 재미있나? 비겁하게 희롱하는 것이다. 너희들은 비겁하다는 말의 의미를 알고 있나?"

그러자 한 녀석이 대답했다.

"자신이 한 행동 때문에 놀림을 당했다고 화를 내는 것이 '비겁하다'는 의미가 아닌게라우― 예."

고약한 놈이다. 이런 놈을 가르치러 도쿄에서 일부러 여기까지 왔단 말인가? 한심한 생각이 들었다.

"공연한 억지 부리지 말고 공부나 해."

그리고 나는 수업을 시작했다. 그 다음 다른 교실에 들어갔더니 "덴푸라를 먹으면 억지를 부리고 싶어진다"라고 씌어 있었다. 아무래도 끝이 나지 않을 것 같다. 화가 치밀어 올라 이런 건방진 놈들은 가르칠 수 없다고 호통을 치고는 총총히 나와 버렸다.

학생들은 수업을 하지 않아서 기뻐했다고 한다. 사정이 이렇게 되면 학교보다는 골동품 쪽이 그나마 나은 편이다.

그로부터 사흘 동안은 조용히 지나갔다. 나흘째 저녁에 스미다(住田)라는 곳에 가서 경단을 먹었다. 이곳 스미다는

탕에서
헤엄치지 말것!

온천이 있는 마을로 내가 있는 도시에서 기차로 10분, 도보로는 30분이 걸린다. 음식점, 온천, 공원이 있고 게다가 유흥가도 있다. 내가 들른 경단가게는 유흥가로 들어서는 입구에 위치해 있었는데, 맛이 좋기로 평판이 자자해 온천에서 돌아오는 길에 잠깐 들러서 맛을 보았다.

이번에는 그 어떤 학생도 나를 보지 못했으니, 아무도 모를 것이라고 생각하고 다음날 학교에 가서 첫 시간 수업에 들어가니 "경단 두 접시 7전(錢)"이라고 씌어 있었다. 실제 나는 7전(錢)을 내고 두 접시를 먹었다. 정말 성가신 녀석들이다. 둘째 시간에도 분명히 무언가를 써 놓았을 것이라고 생각했는데 "유흥가의 경단, 기가 막힌다"라고 씌어 있었다. 정말 어이없는 놈들이다.

경단 사건이 이것으로 끝나는가 싶더니 이번에는 '빨강 수건' 사건이 자자하게 퍼졌다. 사건의 근원지를 곰곰이 생각해 보니, 시시하기 그지없었다.

나는 여기에 온 이후로 매일 스미다의 온천에 가기로 했다. 다른 곳은 도쿄와 비교할 가치도 없지만, 스미다의 온천만은 뛰어난 곳이다. 모처럼 왔으니 매일 다녀야겠다고 결심하고, 저녁 식사 전에 운동 삼아 떠나곤 했다.

그런데 갈 때는 반드시 큰 타월을 들고 갔다. 이 수건이 욕탕 물에 담겨 있으면, 수건의 빨강 줄무늬가 번져서 언뜻 보면 전체가 빨강으로 보인다. 나는 이 수건을 오가는 길에 기차에서도 걸어가면서도 항상 들고 다녔다. 그것을 본 학생들이 나를 일컬어 "빨강 수건, 빨강 수건" 하고 부르는 것이었다. 아무래도 좁은 곳에 살다 보니 조용할 날이 없다.

또 있다. 온천은 3층으로 지은 새 건물로 고급탕은 유카타를 빌려주고 때를 밀어 주는데, 8전(錢)을 받는다. 게다가 여자가 차를 날라다 준다. 나는 언제나 고급탕을 이용했다. 그런 탓으로 40엔 봉급쟁이가 매일 고급탕에 들어가는 것은 사치라고 떠벌렸다. 쓸데없는 간섭이다.

더 있다. 욕탕은 다다미 15장깔이 방만한 크기로 화강암을 쌓아 올려서 만들어 놓았다. 대개 열 서너 명이 들어갈 수 있는데, 깊이는 섰을 때 가슴까지 물이 닿았다. 가끔 아무도 없을 때가 있어 운동 삼아 탕 속에서 헤엄도 치는데, 그 즐거움이 이루 말할 수 없다. 나는 주위를 한번 둘러본 후 아무도 없는 것을 확인하고는 다다미 15장깔이 탕에서 왔다 갔다 헤엄치면서 즐거운 시간을 보내곤 했다.

그러던 어느 날, 3층에서 신나게 내려와 오늘도 헤엄칠 수 있는지를 확인하려고 탕 입구에서 안을 들여다보니 커다란 팻말에 시커먼 글자로 "탕 속에서 헤엄치지 말 것"이라고 적혀 있었다. 헤엄치는 사람은 거의 없기 때문에 이것은 나 때문에 특별히 만들었는지도 모른다.

나는 그 이후로 헤엄치는 것을 포기했다. 헤엄치기를 포기했는데 학교에 가 보니 여느때와 같이 칠판에 "탕 속에서 헤엄치지 말 것"이라고 적혀 있는 것을 보고 놀랐다.

왠지 전교생이 나 하나를 탐색하고 있는 듯한 생각이 들었다. 울적해졌다. 학생들이 뭐라고 하든지 하기로 마음먹은 일을 포기할 내가 아니지만, 어쩌다가 이렇게 옹색하고 숨통을 조이는 곳에 왔는지 한심한 생각이 늘었다. 그렇게 허탈한 심정으로 집으로 돌아오면 주인은 어김없이 골동품으로 나를 죄어 온다.

제 3 편

한심한 학생들

숙직

학교에는 숙직이 있어서 교직원이 교대로 맡고 있다. 단, 너구리와 빨강셔츠만은 예외다. 월급은 많이 받으면서 업무 시간은 적고, 거기다 숙직까지 면제받는 이런 불공평한 처사가 어디 있단 말인가? 제멋대로 이런 규칙을 정해 놓고, 그것이 당연한 듯한 낯짝을 하고 다닌다. 어쩌면 저렇게 뻔뻔스러울 수가 있단 말인가? 이것이야말로 불공평한 처사의 극치다.

멧돼지가 말하기를 아무리 혼자서 불공평한 처사를 늘어놓아도 통하지 않는다고 했다. 한 사람이든 두 사람이든 정당한 일이라면 통할 것이다. 멧돼지는 "Might is right" 라는 영문을 인용해서 나의 이해를 돕고자 했지만, 나는 더 이해할 수 없어 다시 물었더니 '강자의 권리' 라는 의미라고 했다. '강자의 권리' 와 숙직은 별개의 문제다. 너구리와 멧돼지가 강자라니, 누가 수긍을 한단 말인가?

토론은 토론이었고, 마침내 내 차례가 돌아왔다. 나는 본디 신경과민이라서 이부자리 같은 것은 내 것으로 편안히 자지 않으면 자고 나도 개운하지가 않다. 어릴 적부터 친구 집에서 잔 적이 거의 없을 정도다. 친구 집도 싫은데 학교 숙직실은 언급할 필요조차 없다. 그렇지만 이것도 40엔 속에 포함되어 있는 거라면 어쩔 수 없다. 그냥 참고 임무를 완수해야지.

교사도 학생들도 모두 귀가한 후에 혼자서 멀거니 있는 것도 참 얼빠진 짓이었다. 숙직실은 교실 뒤쪽 구석에 있는 기숙사 서쪽 끄트머리 방이다. 잠깐 가 보니 서향 볕이 정면으로 들어와 답답해서 있을 수가 없었다. 시골이라 그런지 가을이 와도 좀체 더위가 가시지 않는다. 저녁에 기숙사 밥을 먹었는데 맛이 없어서 혼났다. 저런 밥을 먹고도 저처럼 날뛸 수 있다니, 참 용하다는 생각이 든다.

저녁밥은 먹었지만, 아직 해가 지지 않아 잠을 잘 수가 없다. 온천에 잠깐 다녀오고 싶어졌다. 숙직 담당이 외출을 해도 좋은지 모르겠지만, 마치 중한 금고형을 선고받은 죄인처럼 멍하니 앉아 있을 수가 없다. 처음 학교에 와서 당직선생을 찾았을 때 급사가 잠깐 볼일 보러 외출했다고 했을 때는 상식에 어긋난다고 생각했는데, 막상 내 차례가 되어 보니 동병상련의 마음이 들었다. 외출하는 편이 옳은 것이다.

나는 급사에게 잠깐 다녀오겠다고 말했다. 그러자 급사

가 무슨 용무냐고 물었다. 나는 별다른 용무는 없고, 온천
에 다녀오겠다고 대답하고서 서둘러 나왔다. 빨강 수건을
하숙집에 두고 온 것이 유감이지만, 오늘은 온천에서 빌리
기로 했다.

온천에 도착하여 아주 느긋하게 탕 속에 들어갔다 나왔
다 하다 보니, 어느새 해가 지기 시작했다. 나는 온천을 나
와 기차를 타고 고마치(古町) 역에서 내렸다. 학교까지는
여기서부터 450미터의 거리다.

걷기에 충분한 거리여서 걸어가는데, 맞은편에서 너구
리가 걸어오고 있었다. 너구리는 이제부터 이 기차를 타고
온천에 갈 심산일 것이다. 너구리는 총총걸음으로 오더니
지나칠 때쯤 나를 알아보고 잠깐 인사를 했다.

"당신, 오늘 숙직이 아니던가요?"

너구리는 능청맞은 표정으로 물었다. 몰라서 묻는 것이
아니다. 두 시간 전에 나보고 "오늘밤 첫 숙직이시군요. 수
고하세요" 하고 인사를 하지 않았던가? 으레 교장은 돼먹
지 못하게 삐딱한 말투를 쓰는가 보다.

나는 화가 나서 "예, 숙직입니다. 숙직이어서 이제부터
돌아가, 자기는 분명히 학교에서 잘 것입니다"라고 내뱉고
는 모른 체하고 걸어갔다.

다테마치(竪町)에 있는 사거리쯤 오니 이번에는 멧돼지와 마주쳤다. 정말 좁은 곳이다. 일단 한 발짝만 내밀어도 반드시 누군가를 만난다.

"여보게, 자네 숙직 아닌가?"

멧돼지가 말을 걸어 왔다. 그렇다고 대답했다.

"숙직인데 나다니다니, 안 되는 것 아닌가?"

나는 조금도 안 될 것이 없으며 나다니지 않는 것이 오히려 좋지 않다고 큰소리쳤다.

"자네의 그 흐리멍텅한 성격 때문에 조용할 날이 없다니까, 교장이나 교감을 만나면 시끄러워지니까 조심하라구."

멧돼지답지 않게 몸 사리는 말을 했다.

"방금 교장을 만난걸요. '더울 때는 산책이라도 하지 않으면 숙직도 힘들 테지요' 하면서 격려해 주던걸요."

나는 귀찮아서 재빠르게 학교로 돌아갔다.

메뚜기 사건

금방 해가 졌다. 밤에 두 시간 정도 급사를 불러 숙직실에서 얘기를 나누었는데 그것도 이내 싫증이 났다. 잠은 오지 않았지만 자리에 들까 하고 잠옷으로 갈아입었다. 그런 후 모기장을 치고, 빨간 담요를 걷어 젖혔다. "쿵" 소리와 함께 엉덩방아를 찧으며 벌렁 드러누웠다.

내가 누울 때 엉덩방아를 찧는 이유는 어릴 적부터의 버릇이다. 기분 좋게 다리를 쭉 뻗었는데 뭔가 양다리에 뛰어올랐다. 꺼칠꺼칠한 것이 벼룩 같지는 않아 놀라서 다리를 담요 속에서 흔들어 보았다.

그 순간 꺼칠꺼칠한 것이 갑자기 늘어나서 정강이에서 대여섯 개, 넓적다리에 두세 개, 궁둥이 아래서 물크덩 하고 터진 것이 한 개, 배꼽에까지 올라온 것이 한 개, 너무나 놀랐다.

벌떡 일어나서 담요를 뒤로 휙 젖히자 이불 속에서 메뚜기 오륙 십 마리가 튀어 나왔다. 정체를 몰랐을 때는 약간 기분이 나빴지만, 그게 메뚜기였다는 것을 알고 나서는 갑자기 화가 치밀었다.

"메뚜기 주제에 사람을 놀라게 하다니, 가만히 두나 봐라."

나는 느닷없이 베개를 집어 들고 두세 번 두들겼다. 메뚜기가 너무 작아서인지 세게 내던지는데도 효과가 없었다. 어쩔 수 없이 이부자리 위에 앉아서 대청소 때 돗자리를 말아 가지고 다다미를 두들길 때처럼 그 언저리를 두들겼다.

메뚜기가 놀랐는지 베개의 힘에 뛰어올라서 나의 어깨, 머리, 콧잔등 할 것 없이 달라붙기도 하고 부딪히기도 한다. 얼굴에 붙은 놈은 베개로 때릴 수 없어서 손으로 잡아 힘껏 내동댕이쳤다. 화나게도 아무리 힘껏 때려도 부딪히는 곳이 모기장인 까닭에 펄럭 하고 움직일 뿐 아무 소용이 없었다. 죽지도 않고 그저 그러고 있는 것이다. 메뚜기는 두들겨 맞은 채 모기장에 갇혀 있었다.

드디어 30분간의 분투 끝에 메뚜기를 퇴치했다. 빗자루를 가져다가 메뚜기 시체를 치웠다. 급사가 와서 무슨 일이냐고 물었다.

"웬일이고 뭐고, 메뚜기를 자리 속에서 기르는 놈이 세상 천지에 어디 있담, 이 얼간아."

나는 화가 나서 호통을 쳤다.

"저는 모르는 일입니다."

급사는 변명을 하였다. 모른다고 하면 그만이냐고 하면서 빗자루를 마루에 내던졌더니, 급사는 조심조심 빗자루를 짊어지고 돌아갔다. 나는 기숙생 3명 정도를 대표로 불러냈는데 6명이 나왔다. 여섯 놈이건 열 놈이건 상관없다. 잠옷 바람으로 팔을 걷어붙이고 담판을 시작했다.

"뭣 때문에 메뚜기를 내 자리 속에 넣었지?"

"메뚜기가 뭐이랑가요?"

맨 앞에 서 있는 한 놈이 물었다.

그 능글능글한 말투에 기분이 나쁘다. 이 망할 학교에서는 교장뿐만 아니라 학생들마저 비비 꼬인 말을 지껄이는 모양이다.

"메뚜기를 모른다 이거지, 그렇다면 보여주겠다."

큰 소리를 쳤는데, 공교롭게도 치워 버려서 단 한 마리도 없었다. 다시 급사를 불러서 치워 버린 메뚜기를 가져오라고 했다.

"벌써 휴지통에 내버렸는데, 주워 올까요?"

얼른 가져오라고 하자 급사는 급히 뛰어 나가더니 얼마 후에 습자지 위에 열 마리 정도를 얹어 가지고 왔다.

"정말 안됐습니다만, 마침 밤이라 어두워서 이것밖에 보이지 않았습니다. 날이 밝으면 더 주워 오겠습니다."

이 급사 또한 멍청한 놈임에 틀림없어.

나는 메뚜기 한 마리를 학생에게 보이며 말했다.

"이게 바로 메뚜기다. 덩치는 큼지막한 놈들이 메뚜기를 모른단 말이냐?"

그러자 가장 왼쪽에 있던 얼굴이 둥근 녀석이 건방지게 대드는 것이다.

"그건, 때때시(딱따기의 사투리)지라우— 예."

"이 못된 놈 같으니, 메뚜기나 때때시나 마찬가지다. 무엇보다도 선생님에게 '지라우— 예' 라니, 그 말버릇이 뭐야. '지라'는 모를 심을 때 먹는 밥이야."

나는 화가 나서 꼼짝 못하도록 반격을 가했다. 그런데 그 녀석이 "'지라'와 '니지라우'는 다르지라우— 예"라고 대꾸하는 것이 아닌가? 이 놈은 끝까지 '지라우'를 사용할 놈이다.

"메뚜기든 때때시든 간에 도대체 왜 내 자리 속에 집어넣었냐는 말이지. 내가 언제 메뚜기를 넣어 달라고 부탁하든?"

"아무도 그따가 넣지 않았는데라우."

"넣지 않은 메뚜기가 어떻게 이부자리 속에 있단 말이
냐?"

"때때시는 따신 데를 좋아항께로, 아마 지 혼자서 들어
가신게지라우."

"바보 같은 소리 하지 마, 메뚜기가 혼자서 들어가시다
니, 메뚜기가 들어가실 수 있을 성싶냐? 어서 왜 이런 장난
을 쳤는지 말해라."

"말하라고 해도 넣지 않았는데 어떻게 설명을 하지라
우?"

비열한 녀석늘이다. 스스로가 한 싯을 밭 못할 성도라
면, 애당초 하지 말았어야지. 증거마저 나오지 않는다면,
뻔뻔스럽게 시치미를 잡아뗄 심산이다.

나 역시 중학교 시절에 어느 정도는 장난을 쳤다. 하지
만 누가 했느냐고 물어오면 한 번도 뒤꽁무니를 빼는 비겁
한 행동은 하지 않았다. 분명히 한 것은 한 것이고, 안 한
것은 안 한 것이다. 나 정도는 아무리 장난을 친다고 해도
결백한 놈이다.

거짓말하고 벌을 받을 정도면, 아예 장난을 치지 말아야
지. 장난에는 으레 벌이 따르기 마련이다. 벌이 있기에 장
난도 재미있게 칠 수 있다. 장난만 치고, 벌은 사양하겠다

는 비열한 근성이 세상천지 어디에서 통한단 말인가. 돈을 빌려 갚지 않는 무리들이 하는 짓을, 모두 이런 녀석들이 졸업해서 해먹을 것임에 틀림없다.

도대체 중학교에 뭐 하러 들어왔단 말인가? 학교에 들어와서 거짓말하고, 속이고, 뒷전에서 쏘삭쏘삭 건방진 나쁜 장난이나 치고, 그리고 버젓하게 졸업을 하고 나면 교육 받은 인간이라고 나다닐 것이 아닌가?

나는 이런 썩어빠진 사고를 가진 녀석들과는 비위가 틀려서 담판을 할 수 없다.

"그토록 말할 수 없다면 듣지 않아도 좋다. 중학교에 들어와서 예의바른 것과 상스러운 것도 분간을 못하니, 정말 딱한 노릇이다."

나는 아이들을 놓아주었다. 나의 언행이야말로 그다지 예의바르지 못하지만, 정신 상태는 이 녀석들보다 훨씬 올바를 것이다. 여섯 명은 유유히 물러갔다.

하는 짓을 보면, 교사인 나보다 훨씬 의젓하게 보인다. 태연해 할수록 오히려 더 나쁘다. 하지만 나에게는 좀체 이런 배짱이 없다.

함성 사건

한바탕 소란이 있은 후, 나는 다시 이부자리에 들어가 누웠다. 아까 일어난 소동으로 모기장 속에서 "앵앵" 거리는 소리가 난다. 매는 끈을 풀어 길게 접어서 방 한가운데서 가로 세로 열십자로 흔들었더니, 고리가 날려서 내 손등을 야무지게 맞혔다.

다시 자리 속에 들었을 때는 어느 정도 마음이 가라앉았으나 좀체 잠이 오지 않았다. 시계를 보니 10시 30분이다. 생각해 보니 보통 골치 아픈 곳에 온 게 아니다. 중학교 선생이면서 어디에서든 이러한 처지에 놓이게 된다면 처량맞기 그지없다. 선생은 품절도 잘 되지 않는다. 상당한 인내력을 지닌 벽창호가 되어야 하는 모양이다. 나에게는 도저히 무리다.

그걸 생각하니 기요 같은 사람은 존경할 만하다. 교육도 받지 못했고 사회적 지위도 없는 할멈이지만, 인간적으로는 상당히 고귀한 품성을 지닌 사람이다. 지금까지 이토록 보살핌을 받고도 별로 고마운 생각이 들지 않았는데, 이렇게 혼자서 먼 곳에 와 보니 처음으로 그 친절과 사랑을 알겠다. 기요는 내가 욕심이 없고 곧은 기질이라고 칭찬하지만, 칭찬 듣는 나보다는 칭찬하는 본인이 오히려 훌륭한 사람이었다. 갑자기 기요가 보고 싶어졌다.

기요를 생각하면서 엎치락뒤치락 거리고 있는데, 갑자기 위에서 삼사십여 명 정도의 인원이 이층이 내려앉을 정도로 "쾅쾅쾅" 하고 박자를 맞춰서 마룻바닥을 구르는 소리가 들렸다. 그러자 쿵쾅 거리는 소리에 못지않은 큰 고함 소리도 들렸다.

나는 무슨 일인가 하고 놀라서 벌떡 일어났다. 일어나면서 순간 이런 생각이 머리를 스쳤다. 그래 이건, 아까 당한 것에 대한 학생들의 분풀이임에 틀림없다. 너희 놈들이 저지른 잘못을 깨닫고 시인하지 않으면, 죄는 없어지지 않는 법이다. 나쁜 짓을 저질렀다는 것을 너희 놈들도 알고 있을 것이다. 제대로 된 놈들이라면 자고 일어나 반성하고, 아침에라도 용서를 빌러 오는 것이 사람 된 도리일 것이다. 설령 용서를 빌지는 않더라도 미안한 생각에 조용히 잠자리에 들어야 마땅하다. 그런데 이 소동은 뭐란 말인가? 기숙사에 돼지를 치고 있는 것도 아닐 텐데, 망나니 짓도 어지간히 해두는 게 좋을 거다.

어쩌나 보자 하고 잠옷 바람으로 숙직실을 뛰쳐나와서

세 걸음 반 만에 이층까지 뛰어 올라갔다.

그런데 이상하게도 지금까지 분명히 쿵쾅거리며 소란스러웠는데, 갑자기 괴괴해져서 사람 소리는커녕 발소리도 들리지 않았다. 뭔가 이상하다.

불은 전부 꺼져 있어서 어두워 어디에 무엇이 있는지 분명히 알 수 없었다. 동서로 길게 뻗어 있는 복도에는 쥐새끼 한 마리도 보이지 않는다. 복도 맨 끝에서 달빛이 들어와 저 멀리 보이는 곳이 유난히 밝았다. 아무래도 이상하다.

나는 어릴 석부터 꿈을 자주 꾸는 버릇이 있나. 얼여섯 살 때 다이아몬드를 줍는 꿈을 꾸었는데, 자다 말고 벌떡 일어나 옆에서 자고 있던 형에게 방금 있던 다이아몬드를 어떻게 했느냐고 마구 덤벼들었을 정도이다. 그때는 사흘 동안 집안의 웃음거리가 되어 상당히 난처했다.

어쩌면 방금 전의 소란도 꿈일지 모른다. 하지만 소란이 일어난 것은 분명하다. 복도 한가운데서 생각에 잠겨 있는데 달빛이 비치는 저쪽 구석에서 "하나, 둘, 셋! 와아!" 하는 삼사십 명의 목소리가 일제히 울리는가 싶더니, 곧바로 방금 전처럼 박자에 맞춰서 일동이 마룻바닥을 쿵쾅거렸다. 그렇다. 이건 꿈이 아니다. 역시 현실이다.

"조용히 해! 지금은 한밤중이다."

나도 만만찮은 고함을 내지르며 복도 저편으로 달려갔다. 내가 지나는 곳은 어두웠다. 단지 복도 끝의 달빛을 향해 달려갈 뿐이었다.

내가 한두 칸(二間 : 약 3.6미터의 거리, 一間은 1.82미터다 ― 역자 주) 정도쯤 달려왔을까? 복도 중앙에서 뭔가 크고 딱딱한 물건에 정강이를 부딪쳤다. 아픔을 느끼는 사이에 몸은 털썩 하는 소리와 함께 앞으로 나가떨어졌다.

빌어먹을 녀석들이라고 분개하며 일어섰지만 뛰어갈 수가 없었다. 마음은 급한데 다리는 말을 듣지 않았다. 답답해서 절뚝거리며 달려갔더니, 이미 발소리도 말소리도 잠잠해져서 괴괴하다. 아무리 인간이 비겁하다고 해도 이것은 도를 지나친 비겁함이다. 마치 돼지 같은 처사다.

이렇게 된 마당에 숨어 있는 놈들을 끌어내어 용서를 받을 때까지는 물러서지 않겠다고 마음먹고는 방문을 열고 안을 검사하려는데 문이 열리지 않았다. 열쇠를 채웠는지, 책상이나 무언가로 막아 놓았는지 아무리 밀어도 끝내 열리지 않는다.

이번에는 북쪽 맞은편 방을 시도해 보았다. 설마 했었는데 역시나 열리지 않았다. 내가 방 안에 있는 놈을 잡아 보려고 안달하고 있노라니, 다시 동쪽 끝에서 함성과 발 구르는 소리가 들리기 시작했다.

"이놈들, 서로 짜고 나를 골탕 먹일 작정이군. 그럼 어떻게 하면 좋단 말인가?"

솔직하게 고백하자면 나는 용기가 있는 반면 지혜가 부족하다. 이럴 때 머리가 돌아가지 않는다. 하지만 결단코 굴복하지는 않을 것이다. 이대로 물러선다면 내 체면이 말이 아닐 것이다.

도쿄 태생이 무기력하다는 소리를 듣는 것은 애석한 일이다. 숙직을 하면서 코흘리개 아이들에게 놀림을 딩하고, 손을 대보지도 못하고 어쩔 수 없이 참았다고 남들의 손가락질을 받게 되면 그것은 일생의 불명예다.

내가 이래봬도 근본은 하타모토(旗本 : 에도시대의 장군 직속으로 만석 이하의 녹봉을 받던 무사)다. 하타모토의 시조는 세이와겐지(淸和源氏 : 세이와 천황에서 비롯된 겐지(源氏)의 성을 가진 씨족)로서 이런 상놈들과는 근본부터 다르다. 단지 어떻게 해야 할지 모를 뿐이다. 난처하다고 굴복할 수는 없다. 솔직하기 때문에 어떻게 해야 할지 모르겠다. 이 세상에 정직한 것 외에 다른 어떤 것이 이길 수 있나 생각해 보라.

오늘밤 내로 이기지 못하면, 내일 이긴다. 내일이 아니

면 모레다. 모레도 이기지 못하면, 도시락 싸들고 다니면서
이길 때까지 여기에 있을 것이다.

나는 이렇게 결심을 했기에 복도 중앙에 책상다리를 하
고 앉아서 날이 새기를 기다렸다. 윙윙 하고 모기가 덤볐지
만 상관치 않았다.

아까 부딪힌 정강이를 만져 보니 뭔가 끈적끈적하다. 피
가 흐르는 모양이다. 피가 흘러도 상관없다. 그러는 동안에
조금 전부터 피로가 몰려와서 그만 꾸벅꾸벅 졸고 말았다.

시끄러워 눈을 떠 보니, 뭔가 실수한 것 같아서 벌떡 자
리에서 일어섰다. 내가 앉아 있던 오른쪽의 방문이 반쯤 열
린 채 학생 두 명이 내 앞에 서 있다. 정신을 차리고 내 코
앞에 있는 녀석의 다리를 잡아끌어 힘껏 당겼더니 털석 하
고 나자빠졌다.

"꼴좋다!"

남은 한 명이 약간 당황해 하자 달려들어 어깨를 누르며
두서너 번 흔들었더니 얼이 빠져서 눈을 깜박깜박 하였다.

"어서 내 방으로 따라와!"

내가 소리를 지르자 두 녀석은 겁먹은 듯이 순순히 따라
왔다. 날은 이미 밝았다.

숙직실로 데리고 온 녀석들을 문초하기 시작하자 두 녀

석은 이래도 저래도 모른다고 할 뿐, 끝까지 우길 심산으로 절대 자백하지 않았다. 그러고 있는 동안 한 놈 오고, 두 놈 오고 하면서 아이들이 점점 이층에서 숙직실로 모여들었다.

보니 모두 졸린 듯 눈두덩이가 부어 있다. 비열한 녀석들이다.

"하룻밤 못 잤다고 그런 상판을 해서야 남자라고 할 수 있어? 세수나 하고 와서 담판하자."

하지만 누구도 세수하러 가지 않았다. 사십여 명 남짓한 아이들을 상대로 약 한 시간 정도를 옥신각신하고 있으니, 불쑥 너구리가 나타났다. 나중에 알았지만 급사가 학교에 소동이 났다고 일부러 교장에게 일러바쳤다고 한다.

'요만한 일에 교장을 부르다니 못난 놈 같으니, 그러니 중학교 급사나 하고 있지.'

교장은 나를 통해 대강의 설명을 들었다. 녀석들의 변명도 잠깐 들었다.

"추후 처분이 내려질 때까지는 평소처럼 학교에 나온다. 빨리 세수를 하고 아침을 먹지 않으면 수업시간에 늦으니 빨리 움직여라."

교장은 기숙생을 모두 놓아주었다. 흐지부지한 처사다.

나라면 바로 전원 퇴학시켜 버린다. 이렇게 무사태평하게 일 처리를 하니까 학생들이 숙직 담당을 깔보는 것이 아닌가. 심지어 나에게는 밤새 신경 써서 피곤할 테니 오늘수업은 쉬어도 좋다고 말하는 것이었다. 나는 대답했다.

"아뇨. 전혀 신경 쓰지 않습니다. 이런 일이 매일 밤 있어도 목숨이 붙어 있는 한 끄떡없습니다. 수업은 진행합니다. 하룻밤 못 잤다고 수업이 안 될 정도면 받은 월급 중에서 그만큼을 학교에 돌려드리겠습니다."

교장은 무슨 연유인지 내 얼굴을 한참 보고 있더니 이렇게 말했다.

"하지만 얼굴이 상당히 부어 있는 걸요."

그러고 보니 어쩐지 얼굴이 무거운 느낌이다. 거기다 낯이 온통 가렵다. 모기에게 어지간히 물렸던 모양이다. 나는 얼굴 전체를 북북 긁으면서 말했다.

"얼굴은 아무리 부었어도 입은 놀릴 수 있으니 수업에는 지장이 없습니다."

"정말 대단하시군요."

교장은 웃으면서 칭찬했다. 사실은 칭찬이 아니라 조롱일 테지.

낚시놀이

"자네, 낚시하러 안 가겠나?"

빨강셔츠가 내게 말했다. 빨강셔츠는 기분 나쁠 정도로 가는 소리를 내는 남자다. 남자인지 여자인지 알 수 없다. 남자라면 남자다운 목소리를 내는 것이 당연하다. 더구나 대학 졸업생이지 않은가. 물리학부 출신인 나도 남자다운 소리를 내는데 문학가가 이래서야 꼴사납지 않은가?

"글쎄요!"

나는 내키지 않은 듯 대답했다. 그러자 빨강셔츠는 "여보게, 낚시해 본 적은 있는가?"라고 실례 되는 질문을 한다.

"그다지 없지만, 어렸을 때 고우메 유료 낚시터에서 붕어를 세 마리 낚은 적이 있고, 그 후에 가구라 자카(神樂坂)에 있는 비샤몬(毘沙門 : 비사천문의 약자. 사천왕의 하나로 북방을 지키는 수호신. 복덕(福德)을 내리는 신)의 제삿날에 여덟 치(八寸 : 약 25 센티미터)쯤 되는 잉어가 걸렸기에 옳거니 하고 잡아당기려는 순간, 철썩 하고 떨어졌지요. 지금 생각해도 아깝다는 생각이 듭니다."

내가 말을 마친 순간 빨강셔츠는 턱을 내밀고 웃었다.

"호호호!"

저렇게 과장되게 웃지 않아도 될 텐데.

"그렇다면 아직 낚시하는 맛을 모르겠구먼. 원한다면 한 수 가르쳐 주겠네."

어지간히도 잘난 척한다.

'누가 배우고 싶다고 했나? 도대체 낚시나 사냥을 하는 사람들은 전부가 몰인정한 인간들뿐이다. 비정하지 않다면 살아 있는 생명을 죽이고 즐거워하지는 않을 것이다. 물고기든 새든 죽는 것보다는 살아 있는 편이 좋지 않은가. 낚시나 사냥이 생계수단이라면 별도의 문제지만, 어려움 없이 살아가면서 생명체를 죽이지 않으면 잠이 오지 않는다니, 배부른 소리다.'

이렇게 생각은 하면서도 저쪽은 문학가인 만큼 언변에 능하므로 논쟁으론 당할 수 없다고 생각하고 잠자코 있었다. 그러자 이 양반이 나의 이런 속도 모르고, 자기가 이긴 것으로 착각했다.

"바로 가르쳐 주겠네. 시간 있으면 오늘 같이 가시는 게 어떤가? 단 둘만은 적적하니까 요시가와(吉川) 군 하고 오시게."

요시가와 군은 미술 선생이고, 앞에서도 언급했지만 별명이 알랑쇠다. 이 알랑쇠는 무슨 속셈인지 빨강셔츠의 집에 아침저녁으로 드나들고, 어디든지 따라다닌다. 동료가 아니라 마치 추종자처럼 보인다.

나도 인간이다. 아무리 소질이 없다고 하더라도 줄만 던진다면, 무엇인가가 걸릴 것이다. 내가 안 가면 빨강셔츠는 분명히 내가 싫어서 안 가는 것이 아니고, 소질이 없기 때문에 안 가는 것이라고 생각할 것이 뻔하다. 그래서 권유를 받아들였다.

학교를 파하고 일단 하숙집에 가서 순비불을 쟁겼나. 그런 후 기차역에서 빨강셔츠와 알랑쇠를 만나서 기차를 타고 바닷가로 갔다. 사공은 한 명이었고, 배는 좁고 긴 모양이었는데 도쿄에서는 본 적이 없는 배다. 아까부터 배 안을 살펴보았지만, 낚시대라곤 전혀 보이지 않는다. 낚싯대 없이 낚시를 할 수 있단 말인가. 어떡할 작정이냐고 알랑쇠에게 물었다.

"바다낚시에는 낚싯대를 사용하지 않죠. 낚싯줄만 있으면 됩니다."

알랑쇠는 턱을 만지면서 전문가처럼 말했다. 이렇게 창피당할 줄 알았다면, 처음부터 잠자코 있을 걸 그랬다.

사공은 천천히 노를 저어 나갔는데, 뒤돌아보니 해변이 조그맣게 보일 정도로 벌써 멀리 나와 있었다. 역시 숙련된 솜씨는 다르구나. 저 멀리 바라보니 푸른 섬이 떠 있었다. 저 섬은 무인도라고 한다. 자세히 보니 돌과 소나무가 온통 섬을 에워싸고 있었다. 사람 살 곳이 못 되었다. 빨강셔츠는 줄곧 감탄사를 연발하고, 알랑쇠는 절경이라고 한다. 절경인지는 모르겠지만, 확실히 기분은 좋았다.

배는 섬을 오른쪽으로 끼고 돌았다. 물결은 아주 잠잠했다. 바다인가 싶을 정도로 파도가 잔잔하다. 빨강셔츠 덕분에 유쾌한 기분을 만끽한다. 할 수만 있다면 저 섬에 올라가 보고 싶었다.

"저 바위 있는 곳에는 배를 댈 수 없습니까?"

빨강셔츠가 이의를 제기했다.

"대지 못할 것은 없지만, 낚시하기에는 물가가 그다지 좋지 않습니다."

나는 잠자코 있었다.

"저 바위 위 어떻습니까! 라파엘로(이탈리아 화가. 1483~1520 년)의 마돈나를 올려놓으면 걸작의 그림이 될 것 같은데요."

알랑쇠가 말했다. 그러자 빨강셔츠가 언짢은 웃음을 지

으며 말했다.

"마돈나 얘기는 그만두기로 하지. 호호호!"

"어떻습니까? 아무도 없으니 괜찮습니다."

알랑쇠가 얼른 내 쪽을 보더니 일부러 외면하고 싱글싱글 웃었다. 나는 왠지 불쾌한 기분이 들었다. 마돈나가 되든 도련님이 되든 간에 나하고는 상관없는 일이다. 세우는 건 자기 마음이지만, 사람이 알아들을 수 없는 소리를 하면서 들어도 모르니까 상관없다는 식은 무례한 처사다.

마돈나는 아마도 빨강셔츠가 잘 아는 기생의 별명쯤 될 것이다. 난쯤십 기생을 무인노 소나무 아래 세워놓고 바라본다니 어이없는 짓이다. 그것을 알랑쇠가 화폭에 담아 전시회에 출품이라도 하면 가관일 것이다.

"여기가 좋을 겁니다."

사공이 배를 멈추고 닻을 내렸다. 빨강셔츠가 몇 길(尋 : 한 길은 두 팔을 잔뜩 폈을 때의 길이. 약 1.8미터)이나 되냐고 물었더니, 여섯 길 정도라고 대답했다.

"여섯 길 정도면 도미는 어렵겠는걸."

빨강셔츠는 이렇게 말하면서 낚싯줄을 바다에 던졌다. 녀석, 도미를 낚을 모양이다.

"별 말씀을 다하십니다. 교감 선생님 솜씨 정도면 잡을 것입니다. 게다가 파도도 일지 않으니까요."

알랑쇠가 입에 발린 말을 하면서 자기도 줄을 풀어서 내던졌다. 낚싯 줄 끝에 낚싯봉과 같은 납이 매달려 있을 뿐 낚싯찌가 없다. 모를 일이다.

"어서, 자네도 해보게. 줄은 있는가?"

"줄은 남을 정도로 있습니다만, 낚싯찌가 없습니다."

"낚싯찌가 없어서 낚시를 못한다면 초보자지. 이렇게 하게. 줄을 물 밑바닥까지 닿게 하고서 뱃전 언저리에서 집게 손가락으로 기맥을 살피는 거네. 물면 바로 손으로 느껴질 거야."

빨강셔츠가 이렇게 설명하고서는 갑자기 줄을 잡아채길래 뭔가 잡혔구나 생각했는데 아무것도 잡히지 않았다. 미끼만 뜯겼을 뿐이다. 고소하다.

"교감 선생님, 유감스럽게 되었습니다. 확실히 대어가 분명한데 교감 선생님 솜씨로도 놓치신다면, 오늘은 방심할 수 없겠군요. 그래도 낚싯찌와 눈싸움을 하고 있는 사람들보다는 훨씬 낫습니다. 브레이크 없이 자전거를 탈 수 없는 것과 같은 경우가 아닐까요?"

알랑쇠는 알 수 없는 소리만 하고 있다. 흠씬 두들겨 주고 싶은 생각마저 들었다. 나도 사람이다. 교감 혼자서 전세 낸 바다도 아닐 테고 넓은 바다다. 다랑어 한 마리 정도는 체면 유지용으로 걸려 주지 않겠는가 하는 생각에 텀벙하고 추와 줄을 집어던지고서 손가락 끝으로 건들건들 하고 있었다.

잠시 후에 무언가가 툭툭 하고 줄에 닿는 것이 있다. 나는 생각했다. 이 놈은 영락없는 고기다. 산 놈이 아니면 이렇게 툭툭거릴 수가 없다. 됐다! 걸렸구나 하고 번쩍 들어올렸다.

"저런, 물었습니까? 나중 된 자가 먼저 된다고 하더니."

알랑쇠가 빈정거리고 있는 동안에 줄을 이미 거의 끌어올려서 한 다섯 척(약 1미터 반) 정도만 끌어올리면 되었다. 뱃전에서 내려다보니 금붕어처럼 줄무늬가 있는 물고기가 줄에 걸려서 펄떡거리며 손에 끌려서 올라오고 있었다.

신난다. 수면에서 끌어올릴 때 물고기가 후다닥 날뛰는 바람에 내 얼굴은 온통 바닷물투성이였다. 겨우 잡아서 낚시를 빼려고 했지만 쉽게 되지 않았다. 고기를 붙잡고 있는 손이 미끈미끈하다. 기분이 나빴다. 귀찮아서, 줄째 배 바닥에 던졌더니 곧 죽고 말았다.

빨강셔츠와 알랑쇠는 놀란 표정으로 그 광경을 보고 있

었다. 나는 바닷물에 손을 절렁절렁 씻고서 코끝에 대고 냄새를 맡아 보았다. 씻었는데도 비린내가 진동을 한다.

이젠 진저리가 난다. 어떤 물고기라 할지라도 고기는 쥐고 싶지 않았다. 고기도 손에 잡히고 싶지 않을 것이다. 서둘러 줄을 감아 버리자 알랑쇠가 또 건방진 소리를 한다.

"마수걸이로 잘 하셨지만, 고르키(놀래기와 비슷한 물고기) 정도 가지고야 어디."

"고르키라고 하면 러시아 문학가(고리키를 일컬음. 1868~1936년)와 같은 이름이구면."

빨강셔츠가 한소리 한다.

"그렇군요. 러시아 문학자이군요."

알랑쇠는 곧 장단을 맞춘다. 이 빨강셔츠는 상당히 나쁜 버릇의 소유자다. 누구를 만나든지 외국어를 늘어놓고 싶어 한다.

사람에게는 각자 전문분야가 있는 것인데, 나 같은 수학교사가 고르키인지 샤리키(車力 : 인력거꾼)인지어떻게 분간할 수 있단 말인가. 조금쯤은 삼가는 편이 좋을 것이다. 이왕 할 거면, 프랭클린(미국의 정치가이며 화학자. 1706~1790년)의 자서전이라든가, 푸싱 투 더 프론트(성공이야기. 그 당시에 교과서에서 다루고 있었다)라든지, 나도 잘 알고 있는 이름을 사용하는 것이 옳지 않은가 말이다.

험담꾼 빨강셔츠

그 후로 빨강셔츠와 알랑쇠는 열심히 낚시질을
하고 있었는데, 약 한 시간 동안에 둘이서 열
대여섯 마리 정도를 낚았다. 이상한 것은 낚이는 것마다 전
부 고르키뿐이었다. 도미 같은 것은 아예 보이지도 않았다.
사공에게 들으니, 이 고르키는 뼈가 많고 맛이 없어서
도저히 먹을 수 없고, 거름으로는 쓸 수 있다고 한다. 빨강
셔츠와 어릿광대는 열심히 거름을 낚고 있는 것이다. 가엾
기 짝이 없다. 나는 한 마리 낚는데도 사지가 뻐근하여 배
바닥에 드러누워서 줄곧 드높은 하늘을 바라보고 있었다.
낚시보다는 이 편이 훨씬 운치가 있었다.
마침 두 사람이 작은 소리로 무슨 애기를 시작했다. 잘
들리지는 않았지만, 그렇다고 듣고 싶지도 않다. 나는 하늘
을 바라보면서 기요를 생각하고 있었다. 무슨 일인지 두 사

람이 킬킬거리며 웃기 시작했다. 웃으면서 뭐라고 하는데 띄엄띄엄 들려서 통 알아들을 수가 없다.

“네? 어쩐지…….”

“……그렇구 말구요. 모르니까 그렇지요. 잘못했군요.”

“설마…….”

“메뚜기를…… 정말 그렇군요.”

다른 말은 신경에 거슬리지 않았지만, ‘메뚜기’라고 말하는 알랑쇠의 말에 정신이 번쩍 들었다. 어릿광대는 무슨 연유인지 ‘메뚜기’라는 말만 강조하여 분명하게 내 귀에 들리게 하고는 그 뒤는 일부러 흐려 버렸다. 나는 꼼짝 않고 여전히 듣고 있었다.

“또 그 홋타(堀田)가…….”

“그럴지도 모르지…….”

“덴푸라…… 하하하하하.”

“……선동해서……”

“경단도……?”

대화는 이렇게 띄엄띄엄 이어졌지만, 메뚜기라는 둥 덴푸라라는 둥 경단이라는 둥 하는 말로 미루어 보아 아무래도 귓속말로 내 흉을 보고 있는 것이 틀림없다. 얘기하려면 더 큰 소리로 말해야지. 또 귓속말로 할 정도면 아예 나를

데려오지 말든가 해야지. 참 고약한 놈들이다.

메뚜기든 깍두기든 잘못은 내게 있는 것이 아니다. 교장이 우선 자기에게 맡겨두라고 하니까 너구리의 체면을 봐서 지금은 참고 있는 것이다. 알랑쇠 주제에 쓸데없는 참견을 하고 있다. 붓이나 빨면서 틀어박혀 있을 것이지. 내 일은 언제가 되든지 내 스스로 해결할 것이므로 상관은 없지만, '또 그 홋타(堀田)인가' 라든지 '선동해서' 라고 하는 말에 신경이 거슬린다.

홋타가 나를 부추겨서 사건을 크게 확대시켰다는 뜻인지 아니면 홋타가 학생들을 선동해서 나를 괴롭혔다는 것인지. 갈피를 잡을 수가 없었다.

푸른 하늘을 보고 있으니 햇빛이 점점 약해지면서 바람 기운이 약간 썰렁해지기 시작했다. 모기향의 연기 같은 구름이 투명한 바다 위를 조용히 퍼져 나가는가 싶더니 어느 틈에 바다 속 깊이 흘러 들어가서 엷게 안개로 피어올랐다.

"이제 돌아갈까?"

빨강셔츠가 생각난 듯 말했다.

"네, 지금 돌아가면 되겠군요. 오늘밤엔 마돈나 님을 만나십니까?"

알랑쇠가 묻는다.

"쓸데없는 소리 하지 말게, 말실수 하는 거야."

빨강셔츠가 뱃전에 싣고 있던 몸을 조금 일으켜 고쳐 앉는다.

"에헤헤헤헤헤! 들어도 상관없지요."

알랑쇠가 실실거리며 뒤돌아보자 나는 그를 정통으로 쏘아보았다. 알랑쇠는 일부러 눈부신 척하며 드러누웠다. 어쩌면 저토록 건방지단 말인가! 배는 잔잔한 바다를 가로지르며 해변으로 향했다.

"자네, 낚시를 그다지 좋아하지 않는 것 같군."

빨강셔츠가 물었다.

"예, 팔베개하고 하늘을 보는 것이 더 좋습니다."

나는 대답하고는 피우고 있던 담배를 바다 속에 내동댕이쳤다. 그랬더니 "지익" 하는 소리를 내며 담배는 노 끝으로 갈라지는 물결 위를 넘실거리며 떠내려가고 있었다.

"자네가 와서 학생들도 매우 좋아하고 있으니 더욱 힘써서 해 주게나."

빨강셔츠가 낚시와는 전혀 무관한 이야기를 꺼내는 것이었다.

"그다지 좋아하지는 않을 것입니다."

"아니네, 빈말이 아닐세. 정말 기뻐하고 있단 말일세. 그렇지 않나? 요시카와 군."

"기뻐하는 정도가 아니라 야단법석입니다."

알랑쇠는 싱글벙글 웃었다. 이상하게 이 작자가 하는 말은 전부 거슬린다.

"하지만, 이보게, 방심은 금물이라네."

빨강셔츠가 말했다.

"어차피 위험하기는 마찬가지입니다. 이렇게 된 바에야 위험은 각오하고 있습니다."

사실 나는 면직을 당하든지, 기숙생을 모조리 사과를 하게 만들든지, 둘 중 하나를 궁리하고 있었다.

"그렇게 말하면 더 이상 할말은 없네만…… 사실은 교감으로서 자네를 위하는 마음에 하는 말이니 오해하면 곤란하네."

"교감 선생님은 선생님에게 전적인 호의를 가지고 계십니다. 저도 미흡하지만, 같은 에돗코니까 선생님이 되도록 오랫동안 학교에 남아 주시기를 바라고 있습니다. 서로에게 힘이 됐으면 하는데…… 이래봬도 은근히 애를 쓰고 있습니다."

알랑쇠가 사람다운 소리를 했다. 알랑쇠 신세를 질 정도가 되면 목을 매고 죽어 버려야지.

"그래서 말인데, 학생들은 자네가 온 것을 대단히 환영하고 있지만, 여러 가지 형편상 자네가 화나는 일도 있겠지만, 참을 때라고 생각하고 자중해 주게. 결코 자네에게 해로운 일은 하지 않을 테니까."

"여러 가지 형편이란 무엇입니까?"

"그건 이 정도에서 해 두겠네. 자네에게는 미안하지만, 자네는 졸업한 지 얼마 되지 않는 햇병아리 교사야. 그런데 학교라는 곳은 여러 가지 사정이 얽혀 있는 복잡 미묘한 곳이다 보니, 학생들이 그렇게 순순하지는 않을 것이네. 아무쪼록 자네가 여기까지 왔으니 여기서 실패하면 우리들도 자네를 청한 보람이 없지 않나. 아무쪼록 주의해 주게."

"주의하다니 무엇을 말입니까? 나쁜 짓만 하지 않으면 되겠지요."

"호호호호."

빨강셔츠는 웃었다.

생각해 보면, 세상 사람들 대부분이 옳지 못한 일을 장려하고 있는 듯하다. 악하지 않으면 사회에서 성공할 수 없다는 인식이 박힌 듯하다. 가끔 솔직하고 순진한 사람을 보면, '샌님'이라는 둥 '어린 녀석'이라는 둥 하면서 트집을 잡고 경멸한다.

그렇다면 초등학교나 중학교에서 윤리 선생이 거짓말하지 말고 정직하라고 가르치지 않는 편이 오히려 낫지 않은가. 이왕이면 큰 맘먹고 학교에서 '거짓말하는 비법'이라든가, '사람을 믿지 않은 술법'이라든가, '사람을 이용하는 술책' 등을 학과목으로 정하여 가르치는 것이 이 세상을 위하고 당사자를 위하는 길이 될 것이다.

빨강셔츠가 웃는 이유는 나의 단순함 때문일 것이다. 단순함이나 솔직함이 비웃음을 사는 세상이라면 어쩔 수 없다. 기요는 결코 그것을 비웃은 적이 없다. 오히려 감동하며 들어 주었다. 기요가 빨강셔츠보다 훨씬 훌륭한 사람이다.

"물론 나쁜 짓은 안 하면 좋지만, 자기만 착하고 남의 나쁜 짓을 모른다면 화를 당하게 돼 있네. 세상에는 털털하고 만만하게 보이고 친절하게 하숙 알선 같은 것을 해 주어도 절대 안심할 수 없는 부분이 있네. 제법 추워졌군. 벌써 가을이 오고 있어. 해변 쪽은 안개에 젖어 암갈색으로 물들어 있군. 경치 좋은걸. 이보게, 요시가와. 어떤가? 저 해안 경치, 절경이지 않은가!"

빨강셔츠가 큰 소리로 알랑쇠를 불렀다.

"과연 절경이군요. 시간이 된다면 스케치를 할 텐데……

그냥 보기만 하려니 아깝군요."

알랑쇠는 야단스럽게 떠벌린다.

미나토야(港屋)에 불이 밝혀지고, 기적소리가 뛰—하고 울릴 때 내가 타고 있던 배는 해변 모래밭에 뱃머리를 틀어박고 정박되었다.

"빨리 돌아오셨군요."

한 아낙네가 바닷가에 서서 빨강셔츠에게 인사를 했다. 나는 뱃전에서 "얏" 하는 기합소리를 내며 해변으로 뛰어내렸다.

교무실

멧돼지와의 싸움

알랑쇠는 정말 밉상이다. 저런 놈은 단무지 누름돌에 매달아서 바다 속에 던져 버리는 것이 나라를 위하는 길이다. 빨강셔츠의 목소리는 마음에 들지 않는다. 분명히 의도적으로 부드럽게 내는 가식적인 목소리일 것이다. 아무리 그럴싸하게 꾸민다 해도 그 상판으로는 어림도 없다. 행여 반하는 사람이 있다면 마돈나와 같은 기생 정도일 것이다. 그러나 교감이라서 그런지 알랑쇠보다는 유식한 말을 했다.

집으로 돌아와서 빨강셔츠가 한 말을 곰곰이 생각해 보니 우선은 그럴듯하다. 더 자세하게 말하지 않아 추측할 수 없지만, 어쨌든 멧돼지가 나쁜 놈이니까 조심하라는 뜻인 것 같다. 그렇다면 그렇다고 분명하게 밝혀 두는 게 좋지 않은가. 사내답지 못한 행동이다. 그리고 정말 나쁜 교사라면 면직을 시키면 될 것이다.

참 묘한 세상이다. 주는 것 없이 얄미운 녀석이 친절하게 대해 주고, 마음 맞는 친구가 나쁜 놈이라니 어처구니없는 노릇이다. 아마 시골이라서 도쿄와는 모든 것이 반대인 모양이다. 뒤숭숭한 고장이다. 이러다가는 불이 차갑게 되고, 돌이 두부가 될지도 모른다.

그러나 그 멧돼지가 학생들을 선동했다니, 그런 장난을 칠 성싶지는 않은데. 학생들의 덕망을 입고 있는 교사라고 하니까, 마음만 먹으면 어지간한 일은 할 수 있을지도 모르지만…… 그렇다면 번거롭게 뒤에서 하지 말고, 직접 나를 상대로 싸움을 걸면 훨씬 수월할 것이다.

내가 방해가 된다면, 사실은 이러저러해서 방해가 되니 물러나 달라고 하면 내일이라도 당장 물러날 것이다. 돈버는 데가 여기만 있는 것도 아니지 않는가. 이 땅 끝 어디를 가더라도 길바닥에 쓰러져 죽지는 않을 것이다. 멧돼지도 어지간히 답답한 작자라는 생각이 든다.

여기에 처음 온 날, 제일 먼저 빙수를 사 준 사람이 멧돼지였다. 그런 표리부동한 작자로부터 빙수를 얻어먹었다니, 내 체면이 말이 아니다. 딱 한 그릇만 얻어먹었으니까 1전(錢) 5리(厘)밖에 빚지지 않았다. 그러나 1전이든 5리이든 사기꾼의 은혜를 입고서는 죽을 때까지 마음이 편치 않을 것이다. 내일 학교에 가면 당장 되돌려줘야지.

나는 그래도 멧돼지에게 1전 5리의 빙수를 얻어먹었지만, 백만 냥에 해당하는 고귀한 은혜를 입었다고 생각하고 있었다. 멧돼지는 고마운 마음을 가져야 당연하다. 그런데 뒤에서 비겁한 행동을 하다니 괘씸한 녀석이다. 내일 가서 빙수 값을 갚아 버리면 꾼 것도 꿔준 것도 없다. 그런 후에 싸워야지.

여기까지 생각이 미치자 졸음이 몰려와 잠이 들었다. 이튿날은 마음먹은 바가 있어서 다른 때보다 일찍 출근을 한 다음 멧돼지를 기다렸다.

그런데 좀체 나타나지 않는다. 끝물이 나타났다. 한문 선생이 나오고 알랑쇠가 오고 마지막으로 빨강셔츠까지 왔지만, 멧돼지의 책상에는 휑하니 분필 한 자루만 놓여 있을 뿐이다.

나는 교무실에 들어가는 즉시 갚기로 마음먹고 하숙집을 나서면서부터 목욕 요금인 양 1전 5리를 손에 꼭 쥔 채로 학교까지 왔다. 손에 땀이 흥건해서 펴 보니 1전 5리가 땀을 흘리고 있었다. 땀에 젖은 돈을 주면 멧돼지가 뭐라고 할 것 같아서 책상 위에 놓고 후후 불어서 다시 쥐었다. 그때 마침 빨강셔츠가 왔다.

"어제는 실례했네. 귀찮게 해서……."

"귀찮지는 않았습니다만, 덕분에 배가 고팠습니다."

"그런데, 자네 어제 귀가 길에 배에서 한 얘기는 비밀로

해 주게나. 아직 아무에게도 말은 하지 않았을 테지?"

빨강셔츠는 여자 같은 목소리를 내지만, 영락없이 잔격정이 많은 남자다. 분명히 아무에게도 말하지 않았다. 그러나 지금부터 얘기할 작정으로 이미 1전 5리까지 준비하고 있었기 때문에 여기에서 빨강셔츠에게 입막음을 당한다면 조금 곤란하다.

나는 교감에게 누구에게도 말하지 않았지만, 지금부터 멧돼지와 담판을 할 심산이라고 말했더니 빨강셔츠는 몹시 당황했다.

"자네 그런 무모한 짓을 하면 곤란하네. 나는 홋타(堀田) 군에 대해서 특별히 자네에게 아무것도 말한 기억이 없네. 자네가 만약 여기서 난폭하게 군다면, 내 처지가 상당히 난처해질 걸세. 자네는 학교에 소란을 피우러 온 건 아닐 테지."

빨강셔츠는 이렇게 말도 되지 않는 이상한 질문을 한다. 그래서 나는 대답했다.

"당연하지요. 월급 받으며 소란을 피운다면, 학교 측에 피해를 주게 되지요."

"그럼, 어제의 일은 자네가 참고만 하고 입 밖에 내지 말게나."

빨강셔츠는 진땀을 빼며 부탁했다.

"좋습니다. 나도 난처하지만, 그토록 선생님이 곤혹스러우시다면 그만두겠습니다."

그동안 양 옆 책상 주인들도 다 나왔고, 빨강셔츠는 서둘러 자기 자리로 돌아갔다. 빨강셔츠는 걷는 것부터가 특이하다. 실내를 다닐 때도 소리가 나지 않도록 구두 뒤축을 살짝 내려놓는다. 소리를 내지 않고 걷는 것이 자랑거리가 된다는 사실을 이때 처음 알았다.

'도둑질 연습하는 것도 아닐 것이고, 그냥 걷는 대로 걸으면 되지.'

드디어 수업 시작종이 울렸다. 멧돼지는 결국 나타나지 않았다. 할 수 없이 돈을 책상 위에 두고서 수업하러 갔다.

수업이 약간 길어져서 첫 시간을 조금 늦게 마치고 교무실로 갔더니, 다른 선생님들 모두가 얘기를 하고 있었다. 멧돼지도 어느 틈에 와 있었다. 결근인가, 했더니 지각을 한 것이다. 나를 보자마자 한마디 했다.

"오늘은 자네 덕분에 지각을 한 걸세. 벌금을 내게나."

나는 책상 위에 놓아 두었던 1전 5리를 멧돼지 앞에 내놓았다.

"이것을 받아 두게, 요전에 도오리쵸(通町)에서 먹었던 빙수 값일세."

"무슨 소리야?"

멧돼지는 웃음을 지었다. 하지만 이내 내가 심각한 것을 보고, 돈을 내 책상 위에 도로 밀어 놓으며 말했다.

"싱거운 농담 같은 소리 하지 말게."

이것 봐라? 멧돼지인 주제에 끝까지 제멋대로군.

"농담이 아니라 진담이야. 나는 자네한테 빙수를 대접받을 까닭이 없어서 내는 걸세. 거절하는 법이 어디 있나?"

"그토록 1전 5리가 맘에 걸린다면 받아 두겠네만, 왜 갑자기 이제 와서 갚는다는 게지?"

"이제고, 아무 때고 갚는 거야. 대접받는 것이 싫어서 갚는 거지."

멧돼지는 "흥" 하며 차가운 시선으로 나를 보았다. 빨강 셔츠의 부탁이 없었다면, 여기서 멧돼지의 비겁함을 폭로하고 대판 싸움을 했을 텐데…… 입을 다물고 있겠다는 약속을 한 까닭에 옴짝달싹할 수 없다. 남은 이렇게 열 받아 있는데 "흥" 이라니?

"빙수 값은 받을 테니 하숙방은 비워 주게."

"1전 5리만 받으면 되지, 내가 하숙을 나가든 말든 내 자유야!"

"그런데 자유가 아니라네. 어제 그 집주인이 와서 자네가 나가 주었으면 좋겠다고 하더군. 그 이유를 물으니 어느 정도 일리가 있더라구. 그래도 한번 더 확인해 볼 요량으로 오늘 아침 하숙집에 들러서 자세한 이야기를 듣고 온 걸세."

나는 멧돼지가 무슨 소리를 하는지 모르겠다.

"주인이 자네에게 무슨 소리를 했는지 나는 관심이 없어. 그렇게 자기 맘대로 결정하면 아무 소용이 없지. 이유가 있다면 이유를 말하는 것이 일의 순서야. 처음부터 주인 하는 말만 듣고서 당연하다니, 그런 실례 천만인 소리가 어디 있나?"

"그럼 말해 주지. 자네가 너무 난폭해서 하숙집에서 골치를 앓고 있다네. 아무리 하숙집 여편네라고 해도 하녀하고는 다르지. 발을 내밀고 씻게 하다니 너무한 것 아닌가?"

"내가 언제 그 여편네한테 발을 씻으라고 했지?"

"씻게 했는지 어쨌는지는 모르지만, 아무튼 저쪽에서는 자네 때문에 골치를 앓고 있어. 하숙비 15엔 정도는 족자 한 폭 값에 지나지 않는다고 하던데."

"잘난 척하긴. 그렇다면 왜 나를 있게 했지?"

"그거야 나도 모르지. 있게는 했지만 귀찮아져서 나가라

112

고 하는 게지. 자네가 나가 주게."

"물론이야. 있어 달라고 빌어도 있을 것 같아? 무엇보다도 그런 트집 부리는 집구석에 나를 알선해 준 자네부터가 괘씸해."

"내가 괘씸한 건지, 자네가 천방지축인 건지 둘 중 하나겠지."

멧돼지도 나 못지않은 괄괄한 성깔이기 때문에 지지 않으려고 큰 소리를 질렀다. 교무실에 있던 작자들은 무슨 일인가 싶어 모두들 나와 멧돼지 쪽으로 턱을 길게 빼고 멍하니 보고 있었다.

나는 별로 부끄러운 일을 한 기억이 없었기 때문에 일어나면서 교무실 안을 한번 쓰윽 훑어보았다. 모두가 놀란 모습들인데, 알랑쇠만은 재미있다는 듯 웃고 있었다. 눈을 부릅뜨고 네 놈도 덤빌 작정이냐는 듯이 서슬 퍼렇게 알랑쇠의 호리병 같은 얼굴을 쳐다보자 알랑쇠는 갑자기 정색하더니 상당히 자제하는 표정을 지었다. 조금은 무서웠을 것이다. 그러고 있는 동안 수업 시작종이 울렸다. 멧돼지도 나도 싸움을 중지하고 수업하러 갔다.

교직원 회의

오후에는 전날 밤 내게 무례한 행동을 한 기숙생 처분 문제에 대한 회의가 열렸다. 회의라는 것은 난생 처음이라 얼떨떨하지만, 대충 교직원들이 달라붙어서 이러쿵저러쿵 하면 그것을 교장이 적당히 정리하는 그런 식일 것이다.

회의실은 교장실 옆에 있는 좁고 긴 방인데, 평소에는 식당으로 사용하고 있다. 긴 테이블 주위에 검은 가죽으로 씌운 의자가 20개 정도 놓여 있어서, 언뜻 간다(神田)에 있는 서양요리 식당의 분위기를 연출하고 있었다.

테이블 끄트머리에 교장이 앉았고, 교장 옆에는 빨강셔츠가 버티고 있었다. 다음은 각자 마음대로 앉는다고 하는데, 체육 선생만은 사양하여 항상 말석에 앉는다고 한다. 나는 뭐가 뭔지 잘 몰라서 과학 선생과 한문 선생 사이에 끼여 앉았다. 맞은편을 보니 멧돼지가 알랑쇠와 나란히 앉아 있었다. 알랑쇠의 얼굴은 아무리 생각해도 아니다. 싸움은 했지만 멧돼지 쪽이 훨씬 멋있다.

"이제 거의 모이셨는지요?"

교장이 좌중을 향해 물으니, 서기인 가와무라(川村)가 머릿수를 헤아려 보고는 한 사람이 모자란다고 말했다. 모자랄 수밖에 없는 이유가 끝물 선생이 오지 않았기 때문이었다.

나와 끝물 선생은 전생에 어떤 인연이었는지 모르지만, 그를 처음 본 이후로 도저히 그의 모습을 잊을 수가 없다. 교무실에 들어오면 바로 끝물 선생이 눈에 들어온다. 걸어가는 중에도 끝물 선생의 모습이 마음속에 떠오른다. 온천에 가면 가끔 끝물 선생이 창백한 모습으로 탕 속에 앉아 있다. 인사를 건네면, "네" 하며 미안할 정도로 황송한 듯 머리를 숙인다. 학교에 나와서 끝물 선생만한 의젓한 사람을 본 적이 없다. 좀처럼 웃지도 않지만, 쓸데없는 말을 한 적이 없다.

나는 군자(君子)라고 하는 뜻을 책을 통해서 알고 있다. 이것은 사전에만 있을 뿐 실제로 있는 것은 아닐 거라고 생각했는데, 끝물 선생을 만난 이후 비로소 현실 속에 있는 군자라고 감동했을 정도다.

"이제 곧 오시겠지요."

교장은 자기 앞에 있는 보라색 보자기를 끄르더니 곤냐쿠 판(苟蒻版 : 일종의 인쇄판) 같은 것을 읽고 있다. 그러고 있는데 기다리고 있던 끝물 선생이 미안한 표정을 지으며 들어왔다.

"좀 사정이 있어서 늦었습니다."

끝물 선생은 정중하게 너구리에게 인사를 했다.

"그럼 회의를 시작하겠습니다."

너구리는 우선 서기인 가와무라(川村) 군에게 인쇄물을 돌리게 했다. 첫째가 처분 사항, 다음이 학생 단속 사항, 기타 두세 조항이었다. 너구리는 늘 그렇듯 점잔을 빼며 교육의 화신이나 되는 듯한 태도로 다음과 같이 연설했다.

"학교의 직원과 학생들이 저지르는 잘못은 모두 나의 부덕한 소치로서 사건이 발생할 때마다 내가 교장 자리를 이렇게 지키고 있다는 사실이 한없이 부끄럽게 여겨질 때가 있습니다. 유감스럽게 이번에도 역시 이런 소동이 일어난 것에 대해 여러분에게 깊은 사죄를 드리는 바입니다.

그러나 일단 발생한 이상 어쩔 수 없습니다. 어떻게든 처분을 할 수밖에 없습니다. 사건의 전말은 이미 여러분이 아시는 바이므로 선후지책(善後之策)에 대해서 생각하신 사항을 기탄없이 말씀해 주십시오. 참고로 하겠습니다."

나는 교장의 말을 듣고 "역시! 교장이구나" 하면서 너구리가 훌륭한 소리를 한다고 감탄했다. 그런데 이렇게 교장

116

이 모든 것에 책임을 통감하고 자기의 허물, 부도덕성을 운운할 정도라면, 학생 처벌은 그만두고 자기부터 우선 사퇴하는 것이 좋을 성싶다. 그렇게 되면 이런 귀찮은 회의 같은 것도 할 필요가 없어지기 때문이다.

그런데 아무도 입을 여는 사람이 없다. 과학 선생은 교실 지붕 위에 앉아 있는 까마귀를 바라보고 있었다. 회의가 이런 시시한 것이라면, 낮잠 자는 편이 훨씬 낫다. 나는 갑갑증이 나서 내가 먼저 한바탕 해 주어야겠다고 생각하고 반쯤 엉덩이를 들었는데, 빨강셔츠가 입을 여는 바람에 그만두었다.

"저도 기숙생들의 난동을 듣고, 교감으로서의 사명을 소홀히 했던 점과 또한 평소에 아이들을 덕행으로 감화시키지 못한 점을 부끄럽게 생각합니다.

그런데 이런 사고는 무언가 결함이 생길 때 일어나는 일로서 사건 그 자체를 보면 전적으로 학생 잘못인 것처럼 보이지만, 그 진상을 규명해 보면 오히려 책임은 학교 측에 있을지도 모릅니다. 그러므로 표면상에 드러난 점만으로 엄중한 제재를 가하는 처사는 오히려 아이들의 장래를 위해서도 바람직하지 않은 것 같습니다. 게다가 지금 시기는 한창 혈기가 왕성할 때라 옳고 그른 것을 구분하지 못하고, 무의식적으로 이런 장난을 저지를 수도 있습니다. 그래서 처벌은 물론 교장 선생님께서 결정하실 사항이기 때문에 제가 끼여들 바는 아니지만, 아무쪼록 그간의 사정을 참작하셔서 될 수 있는 대로 관대한 처분을 바라는 바입니다."

역시 너구리가 너구리라면, 빨강셔츠도 빨강셔츠다. 학생들이 난동을 부리는 것은 학생 잘못이 아니라 교사 잘못이라고 공언하고 있다. 미친 놈이 사람의 머리를 후려갈기는 것은, 맞은 놈이 맞을 짓을 했기 때문에 미친 놈이 때린 것이라고 말하고 있다.

눈물나게 고마운 말씀이다. 활기가 넘쳐서 주체를 못하면, 운동장에 나가서 씨름이라도 하면 되지. 아이들이 무의식중에 메뚜기를 넣었다고 해도, 그런 공격을 당하고도 그냥 있을 수 있단 말인가. 이런 식이라면 자는 놈의 목을 잘라도 무의식중에 저질렀다고 말하면 석방될지도 모르겠다.

나는 이런 생각이 들어서 무슨 말이든 하고 싶었지만, 이왕 할 거면 꼼짝 못하게 막힘없이 해야 했다. 하지만 나는 평소 버릇이, 화가 났을 때 말을 할라치면, 두세 마디에서 반드시 막혀 버린다. 너구리도 빨강셔츠도 인품으로 말하자면 나보다 못하지만, 말재주가 여간 뛰어난 게 아니어서 허튼 소리를 했다가는 발목을 잡힐 게 뻔했다. 어느 정도의 복안(腹案)을 세워 볼 심산으로 마음속으로 문장을 만들어 보았다.

바로 그때, 앞에 있던 알랑쇠가 갑자기 일어서는 바람에 놀랐다. 알랑쇠 주제에 의견을 내다니 건방진 놈이다. 알랑쇠는 여전히 실실거리는 말투였다.

"사실 이번 메뚜기 사건과 고함사건은, 양식 있는 교직원으로서 우리 학교의 장래에 대해 은근히 걱정하지 않을 수 없는 보기 드문 일이라는 생각이 듭니다. 우리 직원들은 이번 일을 계기로 분발하여 자신을 반성하고, 해이해진 전교의 풍기를 바로잡지 않으면 안 됩니다. 그러므로 지금 교장 선생님 및 교감 선생님께서 말씀하신 의견은 실로 핵심에 해당하는 가장 적절한 방안으로서 저는 시종일관 찬성합니다. 아무쪼록 관대한 처분을 바라는 바입니다."

알랑쇠가 낸 의견은 도대체 알 수가 없다. 한자를 연달아 늘어놓았을 뿐 뜻을 알 수 없었다. 알아들은 말은 시종일관 찬성한다는 말뿐이었다. 나는 알랑쇠가 말한 의미가 무언지 잘 모르지만, 왠지 부아가 치밀어 올라 미처 준비를 하지 못하고 일어서고 말았다.

"나는 시종일관 반대합니다."

나는 이렇게 내뱉었지만, 그 다음 말이 막혀서 나오지 않았다. 그리고 나서 "그런 뚱딴지 같은 처분은 정말 싫습니다"라고 덧붙이자 직원 일동이 웃기 시작했다.

"연루된 모든 학생이 나쁩니다. 반드시 사과를 받아야 합니다. 그렇지 않으면 버릇 됩니다. 퇴학도 상관없습니다. 무례하게 새로 온 교사라고 얕잡아 보고서……."

나는 이렇게 말하고는 앉았다. 그러자 오른편에 앉아 있던 과학 선생이 바보 같은 소리를 한다.

"학생이 나쁜 것은 사실이지만, 너무 엄하게 처벌하면 오히려 역효과가 날 것입니다. 역시 교감 선생님이 말씀하신 대로 관대한 쪽에 찬성합니다."

왼쪽에 앉아 있던 한문 선생은 온건한 의견에 찬성한다고 했다. 역사 선생도 교감과 같은 의견이라고 말했다.

분하다. 대개가 빨강셔츠에게 합세하고 있다. 이런 작자들이 모여서 학교를 떠받치고 있다니, 어처구니가 없다.

나는 학생들에게 사과를 받든지, 사표를 쓰든지 둘 중 하나로 정했기 때문에 만약 빨강셔츠가 승리를 거둔다면, 즉시 하숙집으로 가서 짐을 꾸릴 각오를 하고 있었다. 어차피 나에게는 이런 작자들을 언변으로 굴복시킬 재간이 없었고, 설사 굴복시킨다 하더라도 이런 자들과 함께 있는다는 것은 내가 싫다. 내가 학교에 없다면 어떻게 되든 상관없지 않은가. 또 내가 무슨 말을 해도 웃을 게 틀림없다. 그래서 더 이상 말하지 않고 모르는 척하고 있었다. 그러자 지금까지 잠자코 듣고만 있던 멧돼지가 일어났다.

'자식, 또 빨강셔츠에게 찬성한다는 말을 하려는 게로구나. 어차피 네 놈하고는 싸움이다. 마음대로 하시지.'

이렇게 생각하고 있는데 멧돼지는 창문이 흔들릴 정도로 크게 이야기했다.

"저는 교감 선생님 및 그 외 다른 분들의 고견에 절대 반대합니다. 그 이유는 이 사건은 어느 면에서 보나 50명의 기숙생이 새로 온 교사 모 씨를 경멸하고, 조롱하려고 한 소행이라고밖에는 인정할 수 없기 때문입니다.

교감 선생님은 그 원인을 교사의 인물 됨됨이에서 찾으려고 하시는데, 죄송합니다만 그건 실언하신 것으로 여겨집니다. 모 씨가 숙직을 맡으신 것은 부임 후 얼마 안 된 시점으로서 학생들과 접촉한 지 겨우 20일 정도 된 때였습니다. 이 짧은 20일 동안, 학생은 선생의 학문이나 인격을 평가할 수가 없습니다. 무시당할 수밖에 없는 지극히 타당한 이유가 있어서 경멸을 받았다면, 학생들의 행위에 대해 생각해 볼 수도 있겠지만, 아무런 이유 없이 새로 오신 선생님을 우롱하는 경박한 학생을 관대히 처분해서는 학교 위신에 문제가 된다고 생각합니다.

교육의 참된 정신은 단지 학문을 가르치는 것만이 아니라 고상하고 정직한 무사(武士)의 정신을 고취시킴과 동시에 야비하고 경망스러우며 난폭하며 천방지축인 악풍을 소탕하는 데 있다고 생각합니다.

만약 반발이 일어난다는 둥 소란이 커진다는 둥 하는 임시변통으로만 대처한다면 이런 악습은 언제 개선될지 모릅니다.

우리들이 이 학교에 있기 때문에 이것을 못 본 체한다면, 애당초 교사가 되지 않는 것이 옳다고 생각합니다. 저는 이상의 이유로 기숙생 전원을 엄벌에 처함과 동시에 모교사의 면전에서 크게 사죄의 뜻을 밝히게 하는 것이 지당한 조치라고 여겨집니다."

멧돼지는 쿵 하고 자리에 앉았다. 좌중은 쥐 죽은 듯이 조용하다. 빨강셔츠는 다시 담배 파이프를 닦기 시작했다. 나는 기뻐서 어쩔 줄을 몰랐다. 내가 말하고 싶었던 얘기를 멧돼지가 대신해서 다 말한 셈이다. 나는 이렇듯 단순하기 짝이 없는 인간이어서 방금 전까지의 싸움은 까마득하게 잊어버리고 고마워 어쩔 줄 몰라하며 멧돼지를 바라보니 멧돼지는 모르는 척했다.

잠시 후에 멧돼지는 다시 일어섰다.

"방금 잠깐 잊어버리고 드리지 못한 말씀이 있습니다. 그날 밤 숙직 담당 선생님은 숙직을 서다가 외출을 해서 온천에 가셨던 모양인데, 그것은 만부당한 일이라고 생각합니다. 적어도 한 학교의 숙직 당번이라면 간섭하는 사람이 없다고 해서 다른 곳도 아니고 온천에서 목욕을 했다니, 그것은 큰 과실을 범한 것입니다.

학생 건은 학생 거이고, 이 점에 대해서는 교장 선생님께서 특히 책임자에게 주의시켜 주실 것을 바라는 바입니다."

묘한 놈이다. 칭찬을 하는가 했더니, 뒤이어 바로 남의 실책을 폭로하고 있다. 나는 아무 생각 없이 전번의 숙직 당번이 나다니는 것을 알고 나서 그저 관습으로 알고 무심코 온천까지 간 것뿐인데, 과연 듣고 보니 이것은 내 잘못이다. 공격을 당해도 할 말이 없다.

그래서 다시 일어나 "제가 숙직 중에 온천에 다녀온 것은 사실입니다. 이것은 정말 나쁩니다. 잘못했습니다" 하고 말한 후 자리에 앉았다. 일동이 또 웃어댄다. 내가 뭐라고 말만 하면 웃는다. 한심한 놈들이다. 네놈들은 이렇게 자기 잘못을 터놓고 말할 자신이 있느냐? 못하니까 웃고 난리지.

교장은 "더 이상의 의견이 없는 듯하니 잘 생각해서 처분하겠습니다"라고 말했다. 이왕에 결과까지 말하자면, 기숙생은 일주일간 외출금지인 동시에 내 앞에서 사죄를 했다. 그놈들이 사죄를 하지 않았다면 사표를 내고 도쿄로 돌아갈 상황이었지만, 어설피 나의 바람대로 되는 바람에 결국은 더 큰 일이 나고 말았다.

나중에 말하겠다. 교장은 이때 회의를 계속 진행하면서 이런 얘기를 했다.

"학생의 풍기는 반드시 교사의 감화로써 바로잡아야 합니다. 우선 첫 단계로 선생님들은 가급적 음식점에 출입하지 않도록 하기를 바랍니다. 하긴 송별회와 같은 모임 때에는 별개의 문제이지만, 혼자서 그다지 점잖지 못한 장소에 가는 행위는 삼가하기를 바랍니다. 예를 들면 국수집이라든가 경단집 같은 곳……."

다시 일동이 웃었다. 알랑쇠가 멧돼지를 보고 "덴푸라" 하면서 눈짓을 했으나 멧돼지는 상대도 하지 않았다. 아

휴! 고소해라.

나는 머리가 나빠서 너구리가 한 말을 잘은 모르겠지만, 국수집과 경단집에 감으로써 중학교 선생 노릇을 할 수 없게 된다면, 나 같은 먹보로서는 도저히 감당할 수 없다는 생각이 들었다. 그렇다면 상관없으니 애초에 국수와 경단을 싫어하는 교사를 구하여 채용하면 될 것이 아닌가. 아무 말 없이 임명을 해놓고는 국수를 먹지 말라, 경단을 먹지 말라, 고약한 포고를 하는 것은 나같이 다른 낙이 없는 사람에게는 엄청난 타격이다. 그러자 빨강셔츠가 다시 입을 열었다.

"원래 중학교 선생의 직분은 사회 지도층에 해당하므로 단지 물질적인 쾌락만을 추구해서는 안 되는 자리입니다. 그런 경향으로 빠져들어 가면 알지 못하는 사이에 품성에 나쁜 영향을 미치게 됩니다.

그러나 인간이기 때문에 뭔가 낙이 없으면 이런 좁은 시골에서 잘 지낼 수가 없습니다. 그래서 낚시질을 한다든지, 문학서적을 읽는다든지, 또 신체시나 하이쿠(일본 고유의 단시)를 짓는다든지, 무엇이든 고상한 정신적 오락을 찾지 않으면 안 됩니다."

잠자코 듣고 있자니 자기 멋대로 열변을 토하고 있다.

너무나 화가 치밀어 오른 나는 "마돈나를 만나는 것도 정신적인 오락입니까?" 하고 되받아 주었다. 그러자 이번에는 아무도 웃지 않았다. 묘한 얼굴을 하고 서로를 바라보고 있었다. 빨강셔츠 자신은 괴로운 듯 고개를 숙이고 있었다. 그것 봐라 뜨끔했지? 단 끝물 선생에게는 미안한 생각이 들었는데, 그건 내 말을 듣고 창백한 얼굴이 더욱 퍼래졌기 때문이었다.

이시히기

나는 그날 밤 하숙방을 비웠다. 나오기는 했으나 갈 곳을 따로 정한 것은 아니었다. 짐꾼이 어디로 갈 것인지 물었다. 곧 알게 될 테니 잠자코 따라오라고 말하고는 뱅글뱅글 돌면서 한적하고 살기에 좋을 듯한 곳을 지나오자 드디어 가지야초(鍛冶屋町)까지 와 버렸다.

내가 존경하는 끝물 선생이 이 마을에 살고 있었다. 끝물 선생은 이곳 토박이로서 조상 대대로 내려온 집을 소유하고 있는 유지다. 따라서 이 근방 사정에는 훤할 것이다. 끝물 선생을 찾아가서 물어본다면 적당한 하숙을 찾아줄지도 모른다. 다행히 한번 인사하러 간 적이 있어서 번거롭게 찾아다니지 않아도 되었다.

"실례합니다. 실례합니다."

두 번 정도 부르자 안에서 쉰 살가량의 노부인이 고풍스런 지촉(紙燭 : 옛날 궁중 등에서 쓰던 조명 기구)을 비추며 나왔다. 이분은 아마 끝물 선생의 어머니일 것이다. 짧은 머리를 하고 기품 있는 모습이 끝물 선생과 닮았다.

"어서 올라오십시오."

나는 대놓고 끝물 선생을 잠깐 뵙고 싶다고 하고는 막물 군을 현관까지 불러내어 사정을 말했다.

"그것 참 곤란하게 되셨습니다."

끝물 선생은 염려하면서 잠깐 생각하더니 말했다.

"이 마을 뒤쪽에 하기노(萩野)라고 하는 노인 부부가 단둘이 살고 있는 집이 있습니다. 언젠가 나에게 빈방을 그냥 놀려두기가 뭐해 확실한 사람이 있으면 빌려주겠으니 알선해 달라고 부탁한 적이 있습니다."

그리고는 나를 친절하게 그 집까지 데리고 가 주었다.

그렇게 그날 밤부터 하키노 집에서 하숙을 하게 되었다.

놀란 일은 내가 이카긴 하숙방을 내놓자 알랑쇠가 바로 다음날부터 버젓이 그 하숙방을 점령한 사실이다. 만만치 않은 나도 그 사실에는 질렸다. 세상은 사기꾼들만 득실거리고, 서로 속이기 경쟁을 하고 있는지도 모른다. 정말 싫다. 세상이…….

하숙집 할멈

하숙집 할머니는 가끔 내 방에 와서 이러 저런 애기를 했다.

"어째서 색시는 데려오지 않았는게라우?"

"색시가 있는 것처럼 보이십니까? 이런 안타까운 일이…… 이래봬도 아직 스물넷입니다."

"그래도 이보슈, 스물넷에 색시가 있는 것은 당연하지 않은게라우?"

"그렇다면 나도 스물넷에 색시를 얻을 테니 중매 좀 해 주실랑게라우?"

나는 사투리를 흉내 내어 부탁했더니, 할머니는 진지하게 정말이냐고 물었다.

"허지만 선생님은 이미 아씨가 있으신 게 틀림없으라우. 진적 알고 있었당께요."

"헤에, 눈썰미가 있으시군요. 어떻게 다 알고 있었단 말입니까?"

"어떻게라니요? 도쿄에서 편지 온 것 없는가, 없는가 하고 날마다 기다리고 있지 않은게라우."

"그렇군요. 말씀하신 그대로일지도 모릅니다."

"허지만 요새 색시들은 옛날과는 달라서 마음을 놓을 수가 없응께로 조심하시는 게 좋을 게라우."

"어디 그런 믿을 수 없는 색시가 있단 말입니까?"

"이곳에도 꽤 있지라우. 선생님, 저어기 도야마(遠山)네 따님을 아실랑가요?"

"아뇨, 모릅니다."

"아직 모르시는게라우, 이 근방에서는 제일 가는 미인이지라우. 핵교 선상님들은 모두 마돈나, 마돈나 하고 부르지라우. 아직 못 들으셨능게라우?"

"아, 마돈나 말입니까? 나는 기생 이름인 줄 알았는데요."

"아니요, 선생님. 마돈나라는 말은 외국어로 미인이라는 말이 아닐까 하는디요."

"그런 뜻인가요? 대단하시군요."

"아마 미술 선생님이 지으신 게지라우."

"그 마돈나가 믿지 못할 여자란 말입니까?"

"그 마돈나 양이 선생님을 여기에 소개시켜 준 고가(古賀) 선생 있지라우, 그 분에게 시집갈 약속이 되어 있었는데 말이지라우."

"헤에, 묘한 일이군요. 저 끝물 선생이 그런 여자에게 사랑을 받는 행복한 남자일 줄은 몰랐군요. 사람이란 겉모습만 보고는 모른다니까. 좀 주의해야 할 점인걸요."

"원래는 돈도 있었고, 은행에 주식도 가지고 있는 만사형통한 집안이었는데 작년에 그 집 아버지가 돌아가시는 바람에 그 다음부터는 어찌 된 셈인지 갑자기 집안 형편이 안 좋아지게 되었지라우. 고가 씨가 너무 사람이 좋다 보니께 속은게지라우. 그런 일 저런 일로 결혼날짜도 늦어진데다가 그 왜, 교감 선생이 와서, 꼭 색시로 삼고 싶다고 졸랐지라우."

"그 빨강셔츠가 말입니까? 그래서요?"

지독한 놈이다. 아무래도 빨강서츠는 보통 셔츠가 아닌 것 같더라니…….

"사람을 시켜서 말을 넣어 보니 도야마(遠山)씨도 평소에 고가 씨와 가족처럼 지내고 있는 처지라 당장에는 대답하기 곤란했는지 생각해 본다는 정도의 대답을 했지라우. 그런데 교감 선생님이 연줄을 대어 도야마 씨댁에 드나들게 되었고, 결국은 선생님 아가씨를 낚아 버렸지라우. 교감 선생님도 그렇지만, 아가씨도 어지간하다고 사람들이 모두 나쁘게 말하지라우. 한번 고가 씨에게 시집가기로 약속해 놓고, 교감 선생님이 오셨다고 그쪽으로 마음을 돌리다니, 이렇게 되면 하나님 볼 면목이 없지라우, 선생님."

"당연히 벌받을 짓이네요. 내일도 모레도 영원히 벌받을 겁니다."

"그래서 고가 씨가 불쌍하다고, 친구인 홋타 씨가 충고하러 갔더니, 교감 선생님이 자기는 약혼한 사람을 빼돌릴 생각은 없고, 파혼이 된다면 데려올는지는 몰라도 현재는 도야마 씨와 친하게 지내고 있을 뿐인데, 고가 씨에게 미안할 게 없지 않느냐고 말항께, 홋타 씨도 할 수 없어 돌아오셨다지라우. 교감 선생님과 홋타 씨는 그 일 이후로 사이가 몹시 나빠졌다는 소문이지라우."

"이런저런 사정을 잘 아시는군요. 어떻게 그렇듯 상세하게 알고 계십니까? 놀랐습니다."

"좁은 곳잉께 뭐든지 알게 되지라우."

너무 잘 알아서 난처할 지경이다. 이런 상태라면 덴뿌라와 경단 사건도 알지 모른다. 성가신 곳이다. 그러나 덕분에 마돈나의 뜻도 알았고, 멧돼지와 빨강셔츠의 관계도 알게 되어서 상당한 도움이 되었다.

단지 곤란한 것은 어느 쪽이 나쁜 놈인가 하는 점이 분명치 않다는 것이다. 나 같은 단순한 인간에게는 백인지 흑인지 분간을 해 주지 않으넌, 어느 편을 들어야 하는지 모른다.

"빨강셔츠와 멧돼지 중 어느 쪽이 좋은 사람인가요?"

"멧돼지란 누구 말입니까?"

"멧돼지는 홋타 씨를 말합니다."

"그야 힘은 홋타씨 쪽이 강해 보이지만, 교감 선생님이 벌이는 좋은 편이지라우. 그리고 상냥하기로도 교감 선생님 쪽이 더 상냥하지만, 학생들은 홋타 씨를 좋게 보고 있지라우."

"결론은 어느 쪽이 좋습니까?"

“결국은 월급이 많은 쪽이 좋을 테지라우.”

이 모양이라면 더 이상 묻지 않는 것이 상책이라는 생각이 들어 그만두었다.

기요가 보낸 편지

그리고 이삼 일 뒤 학교에서 돌아오니 할머니가 생글생글 웃으며 한 통의 편지를 들고 왔다.

“헤에, 기다리셨지라? 드디어 왔는지라우. 천천히 읽어 보시랑께요.”

발신자를 보니 기요가 보낸 편지다. 부전지(附箋紙)가 두세 장 붙어 있기에 잘 살펴보니 야마시로야(山城屋)로 갔다가 이카긴 쪽으로 다시 보내어지고, 이카긴에서 하기노(萩野)로 보낸 것이었다. 게다가 야마시로야에서는 일주일 정도 묵어 있었다. 하숙집이라서 그런지 편지도 묵게 한 모양이다. 편지를 열어 보니 어지간히 긴 글이었다.

도련님이 보내신 편지를 받아 보고서 즉시 답장을 쓰려고 했으나 공교롭게도 고뿔에 걸려 일주일 동안 누워 있는 바람에 그만 늦어지게 되어 죄송합니다. 게다가 요즘 아가씨들처럼 능숙하게 읽고 쓰지를 못해서 이렇게 서투른 글을 쓰는데도 여간 힘든 일이 아니었습니다. 동생에게 대필을 부탁할까 생각도 했지만, 모처럼 도련님께 드리는 편지인데 제가 쓰지 않으면 도련님께 죄송한 마음이 들어서 일부러 초안을 한번 잡고서 그 다음에 정서(淨書)를 했습니다.

이렇게 시작하는 편지는 넉자(四尺 : 1미터 20센티)가량의 길이로서 이런저런 얘기가 적혀 있었다.

도련님은 대쪽 같은 성품이시지만, 단지 울컥 하는 성미 때문에 그 점이 걱정됩니다. 다른 사람에게 함부로 별명을 붙이는 것은 남에게 원망 들을 수 있는 이유가 되니 무턱대고 부르시면 안 됩니다. 그래도 붙이고 싶으시다면, 편지로 저에게만 알려 주세요. 시골사람들은 질이 나쁘다고 하니 봉변당하지 않도록 조심하세요. 날씨도 도쿄 같지 않게 불규칙적일 것이니, 잘 때 고뿔 걸리지 않도록 이불 잘 덮고 주무세요.

도련님의 편지는 너무 짧아서 돌아가는 사정을 잘 모르겠으니 이 다음에는 적어도 이 편지의 절반가량만큼은 적어 보내세요. 여관에 팁을 5엔 주는 것도 좋지만, 나중에 곤란하지 않을까요? 객지에 가서 의지할 것이라고는 돈밖에 없습니다. 가능한 한 절약해서 만일의 경우가 생기더라도 지장이 없도록 하세요.

용돈이 부족할까 봐 우편환으로 10엔을 부칩니다. 요전번에 도련님이 주신 50엔을 도련님이 도쿄로 돌아와서 집을 장만할 때 보탤 생각으로 우체국에 예금을 해 두었는데 10엔을 빼더라도 아직 40엔이 있으니 충분해요.

역시 여자는 꼼꼼한 존재다. 내가 마루에 걸터앉아서 기요의 편지를 펄럭거리며 읽다가 생각에 잠겨 있는데, 분합문(分閤門)을 열고 하기노 할머니가 저녁상을 차려 왔다.

"아직도 읽고 있는게라우? 어지간히 긴 편지구만이라우."

"네. 소중한 편지라서 바람에 날리며 보고, 날리며 보고 합니다."

나 자신도 알 수 없는 대답을 하고서 상을 받았다. 오늘

밤은 고구마조림이다. 이 집은 이카긴네보다도 얌전하고 친절하고 게다가 예의도 바르지만, 음식은 형편없다. 어제도 고구마, 그저께도 고구마, 오늘밤도 고구마다.

내가 고구마를 엄청 좋아한다고 말한 적은 분명 있지만, 이렇듯 내리 고구마만 먹인다면 견딜 수가 없다. 끝물 선생을 흉볼 게 아니라 오히려 내 자신이 머지않아서 고구마의 끝물 선생으로 변할 상황이다.

기요라면 이럴 때 내가 좋아하는 다랑어 회나 간장을 발라서 구운 어묵을 해 줄 테지만, 가난한 구두쇠 양반이라 어쩔 수가 없다. 아무리 생각해도 기요와 함께 지내지 않으면 안 되겠다. 만약에 저 힉교에 오래 있게 된다면, 기요를 도쿄에서 불러 내려야겠다고 생각했다.

"덴푸라 국수를 먹으면 안 된다", "경단을 먹으면 안 된다", 게다가 하숙집에서 고구마만 먹고 누렇게 떠 있으라니, 교육자는 고통스런 것이다. 선종(禪宗 : 불교의 한 종파)의 중도 나보다는 입이 호강하고 있을 것이다.

온천에 가다

오늘은 기요의 편지를 읽느라고 온천에 갈 시간을 넘겼다. 그러나 매일 다니던 것을 하루라도 거르게 되면 왠지 개운하지 않다.

기차나 탈까 하고 바로 그 빨강 수건을 늘어뜨리고 역까지 오니, 2~3분 전에 기차가 막 떠난 참이어서 잠깐 기다려야 했다. 벤치에 걸터앉아 시키시마(담배이름 — 역자 주)를 피우고 있는데 우연하게 끝물 선생과 만났다.

나는 전번에 들은 이야기 때문에 끝물 선생이 더욱 가엾게 느껴졌다. 할 수만 있다면, 월급을 두 배로 올려 주고 도야마의 아가씨와 내일이라도 당장 결혼을 시켜서 1개월 정도 도쿄에 신혼여행을 보내 주고 싶은 생각까지 하고 있던 참이라 선뜻 자리를 양보하였다.

"온천에 가십니까? 어서 이리 앉으세요."

"아닙니다. 신경 쓰지 마십시오."

끝물 선생은 부담스러운 듯 그냥 서 있다.

"기차 시간까지는 조금 기다려야 합니다. 피곤하실 테니 앉으시지요."

나는 다시 권했다.

"그렇다면 실례하겠습니다."

끝물 선생은 내 호의를 받아들였다.

"선생님, 어디 불편하신 것 아닙니까? 상당히 피곤해 보입니다만……."

"아뇨, 별다른 지병이 있는 것은 아닙니다."

"그러면 다행입니다. 사람이 병들면 아무 쓸모가 없어지지요."

"선생님은 상당히 건강해 보이시는군요."

"네, 말랐어도 병은 없습니다. 병 같은 건 아주 싫으니까요."

끝물 선생은 내 말을 듣고 싱글벙글 웃었다. 무심코 뒤돌아보는데 대단한 사람이 나타났다. 뽀얀 살결에 최신 유행 머리를 한 키가 큰 미인과 사십 대여섯 정도로 보이는 중년부인이 나란히 매표소 앞에 서 있었다. 중년부인 쪽이 키는 작지만, 닮은 것이 모녀지간인 모양이다. 나는 순간 끝물 선생은 까맣게 잊어버리고 젊은 여인에게만 정신이 팔려 있었다. 그러자 끝물 선생이 갑자기 자리에서 일어나 여자들을 향해 걸어가기 시작했다.

나는 순간 놀랐다. 마돈나였던 것이다. 세 사람은 매표

소 앞에서 가볍게 인사를 나누었다. 거리가 있어 무슨 말을 하는지는 모르겠다. 정거장 시계를 보니 이제 출발을 5분 정도 남겨 두고 있었다.

기차가 빨리 오기만을 기다리면서 말벗 없이 따분하게 혼자서 생각하고 있노라니 또 한 사람이 황급히 역내로 뛰어 들어왔다. 바로 빨강셔츠였다. 하늘하늘한 옷에다가 비단 혁대를 헐렁하게 매고, 여느때와 마찬가지로 금줄 시계를 늘어뜨리고 있었다. 저 금줄은 가짜다. 빨강셔츠 는 아무도 모르려니 하고 내두르고 다니지만, 나는 다 알 고 있나.

빨강셔츠는 역내에 들어서자 두리번거리더니 매표소 앞 에서 이야기를 나누고 있는 세 사람에게 다가가 정중하게 인사를 하면서 무언가 두세 마디를 나누고는 갑자기 나를 향해 고양이 걸음으로 다가왔다.

"어이, 자네도 온천에 가나? 기차 시간에 늦을까 봐 걱 정하며 왔는데 아직 2~3분 남았군. 저 시계가 맞는 건지 모르겠어."

자신의 금시계를 꺼내어 본다.

"2분 정도 틀리군."

그러면서 내 옆에 걸터앉았다. 여자 쪽으로는 전혀 눈길을 돌리지 않고 지팡이에 턱을 괴고 정면만 응시할 뿐이다. 노부인은 가끔 빨강셔츠를 쳐다봤지만, 젊은 아가씨는 눈길 한번 주지 않는다. 마돈나임에 틀림없다.

이윽고 기적을 울리며 기차가 들어왔다. 기다리고 있던 무리들은 제각기 우줄우줄 차에 오르기 시작했다. 빨강셔츠는 맨 먼저 일등석에 올랐다. 일등석에 탄다고 으스댈 건 없다. 스미다(住田)까지의 요금은 일등석이 5전이고 이등석이 3전으로 겨우 2전의 차이에 상하가 나누어지기 때문이다.

볼것도 없는 내가 큰 맘 먹고 일등석을 타려고 흰색 표를 들고 있는 것만 보아도 알 수 있다. 원래 시골사람들은 인색해서 달랑 2전의 지출도 상당히 아까워해서 대개의 사람들이 이등석을 이용한다.

빨강셔츠 뒤를 이어 마돈나와 그녀의 어머니가 일등석에 올랐다. 끝물 선생은 으레 일반석에 타는 사람이다. 일반석 입구에 서서 왠지 안절부절못하다가 내 얼굴을 보자 주저 없이 올라탔다. 그때 왠지 측은한 생각이 들어서 나는 끝물 선생의 뒤를 따라 같은 일반석에 올랐다. 일등석 표로 일반석에 타는 데야 문제가 없을 것이다.

온천에 도착하여 3층에서 유카타로 갈아입고 탕으로 내

려갔더니 다시 끝물 선생을 만났다. 나는 회의 같은 자리에
서는 항상 말문이 막히는 편이지만, 평소에는 잘도 조잘대
는 편이므로 탕 속에서 끝물 선생에게 이런저런 말을 걸어
보았다. 어쩐지 가련해서 볼 수가 없었다.

이런 때 한마디라도 상대방의 마음을 위로해 주는 것이
에돗코의 의무라고 생각된다. 그러나 공교롭게도 끝물 선
생은 쉽사리 나의 가락에 장단을 맞춰 주지 않는다. 무슨
말을 해도 '네'와 '아니오'만 말할 뿐 그 대답마저도 귀찮
아하는 것 같아서 나중에는 할 수 없이 그만두었다.

탕 속에서는 빨강셔츠를 만나지 않았다. 그도 그럴 것이
욕탕이 여러 군데이므로 같은 차를 타고 와도 같은 탕에서
꼭 만나라는 법은 없었다.

온천을 나서니 휘영청 달이 참 밝다. 거리 양쪽에 있는
버드나무의 둥근 그림자가 도로 한가운데 늘어뜨려져 있
었다. 잠깐 걷고 싶은 생각에 북쪽으로 올라가서 거리 끄트
머리로 나서니 왼편에 큰문이 있고, 문을 들어서서 보니 막
다른 곳에 절이 있었다. 그리고 양옆으로 유흥가가 들어서
있었다. 문에 가지런히 검정 발을 늘어뜨린 조그만 격자창
의 단층집은 내가 경단을 먹은 실수를 범한 곳이다. 시루코
(汁粉 : 새알심을 넣은 일본팥죽), 오조니(御雜煮 : 일본식 떡국)라고

씌어진 둥근 초롱이 대롱대롱 달려 있었다.

먹고 싶은 마음은 굴뚝 같았지만 참고 지나갔다. 먹고 싶은 경단을 먹지 못하다니 한심하다. 자기 약혼녀가 다른 놈에게 마음을 뺏긴 것에 비한다면 한심한 정도가 덜하지만 말이다. 끝물 선생의 딱한 처지를 생각하면 경단은 고사하고 사흘쯤 굶는다고 해도 불평할 수 없는 상황이다.

정말이지 인간만큼 믿지 못할 존재도 없을 것이다. 그 얼굴을 보면 어디가 그런 몰인정한 일을 저지를 것처럼 보인단 말인가. 아름다운 사람이 몰인정하고, 동과(冬瓜 : 식물의 일종)가 물에 불은 듯 딱해 보이는 고가 씨가 선량한 군자인 것을 볼 때 방심할 수는 없다. 담백하다고 생각했던 멧돼지는 학생들을 선동했다고 하지, 학생들을 선동한 장본인으로 알고 있었던 멧돼지가 학생의 처분을 교장에게 강하게 주장하지 않나, 미운 털이 박혔던 빨강셔츠가 넌지시 충고를 해 줘서 의외로 친절한 사람이라고 생각하고 있었는데 마돈나를 꼬드겼다고 하고, 그래서 그자가 속였다고 생각했는데 고가 씨와 파혼이 되지 않으면 결혼은 바라지 않는다고 하지, 이카긴이 괜한 트집을 잡아서 나를 쫓아낸 것으로 알고 있었는데 곧바로 알랑쇠가 그 방으로 들어가지를 않나······.

아무리 생각해 봐도 믿을 수가 없다. 이런 사실을 기요에게 적어 보내면 정말 놀랄 것이다. "하코네(箱根)에서 떨어진 외진 곳이라 도깨비들이 모였나 보군요" 하고 말할지도 모른다.

나는 본디 무딘 성격이어서 어떤 일에도 걱정하지 않고 오늘날까지 넘겨 왔지만, 여기에 온 지 아직 한 달도 채 되지 않은 사이에 갑자기 세상이 뒤숭숭하다는 생각이 들었다. 나에게 무슨 특별한 일이 있었던 것도 아닌데 벌써 대여섯 살은 더 먹은 듯한 기분이다. 빨리 걷어치우고 도쿄로 돌아가는 것이 최선책일지도 모른다.

이 생각 저 생각으로 고심하면서 어느 틈에 돌다리를 건너 노제리(野芹) 강둑에 다다랐다. 온천거리를 돌아다보니 붉은 등불이 달빛 속에서 빛나고 있었다. 북소리는 유흥가 쪽에서 들려오는 것임에 틀림없다. 하천은 얕지만 거센 물살이 마치 신경질 부리듯 흐르며 마구 번쩍거리고 있다.

둑 위를 건들건들 걸으면서 약 300미터 정도 왔을까? 저쪽에서 사람 그림자가 보이기 시작했다. 달빛에 비친 그림자는 둘이었다. 온천에 다녀가는 젊은이들이 아닐까. 왠지 젊은이들 치고는 노래도 하지 않고 너무 조용하게 온다는 생각이 들었다.

점점 다가가니 내가 빨리 걷는 탓인지 한 쌍의 그림자가 점점 커지고 있다. 한 사람은 여자인 듯하다. 그들과의 거리가 18미터 정도로 좁혀졌을 때 나의 발자국 소리를 듣고 남자가 획 돌아다보았다. 달빛은 뒤에서 비치고 있었다.

그때 나는 남자의 모습을 보고, 혹시나 하는 생각이 들었다. 남자와 여자는 가던 길을 다시 걷기 시작했다. 나는 뭔가 짚이는 것이 있어서 전속력으로 뒤쫓았다. 저쪽은 아무 눈치도 채지 못하고 여전히 느릿느릿 걷고 있었다.

이제는 말소리도 손에 잡힐 듯이 잘 들린다. 나는 수월하게 뒤따라가서는 남자의 소매를 스치고 앞으로 두 걸음을 디딘 후 발꿈치를 빙그르르 돌려서 사나이의 얼굴을 들여다보았다. 달은 정면에서 다섯 푼 길이로 깎은 내 머리부터 턱까지 가차 없이 비추고 있었다. 사나이는 "앗" 하는 조그만 비명을 지르더니 갑자기 여자를 보고 돌아가자고 재촉하더니 온천 거리로 발걸음을 되돌렸다.

뻔뻔스러운 빨강셔츠가 나를 속일 요량이었는지, 아니면 마음이 약해서 아는 체를 못한 것인지. 아무튼 좁은 바닥이라서 곤란을 겪고 있는 사람은 나뿐만은 아니었다.

승급(昇給)

빨강셔츠의 권유로 낚시를 다녀온 뒤로는 멧돼지를 의심하기 시작했다. 괜한 트집을 잡아 하숙을 나가라고 했을 때는 괘씸한 생각마저 들었다. 그런데 회의석상에서는 의외로 도도하게 학생 엄벌론을 주장하여 희한한 일도 있다 싶어 고개를 갸웃거리기도 했다.

하기노 할머니로부터 멧돼지가 끝물 선생을 위해 빨강셔츠와 담판한 얘기를 들었을 때는 손뼉을 치며 감탄했다. 이런 상황으로 보아 나쁜 놈은 멧돼지가 아닐 것이다. 심사가 뒤틀린 빨강셔츠가 확실치 않는 사실을 에둘러서 내 뇌리 속에 스며들게 한 것은 아닌가 하는 의심을 하고 있던 차에 마침 노제리 강둑에서 마돈나를 데리고 산책하고 있는 그의 모습을 목격한 것이다. 그래서 나는 빨강셔츠 쪽이 나쁜 놈이라는 결론을 내렸다. 나쁜 놈인지 무언지 잘은 모르지만, 아무튼 좋은 놈은 아니다. 겉과 속이 다른 놈이다.

사람은 대나무처럼 곧지 않으면 미덥지 못하다. 대쪽 같은 사람은 싸움도 개운하게 한다. 빨강셔츠처럼 상냥하고 친절하고 고상하며 호박 파이프를 자랑스럽게 내두르는 사람을 조심해야 한다. 그런 자는 함부로 싸움도 못할 것이다.

사실은 회의가 있은 후 웬만하면 멧돼지와 화해하려고 생각했는데 몇 마디 건네 보았으나 그 자식은 대꾸도 안 하고 가재 눈으로 나를 보는 것이 아닌가? 그래서 나도 화가 나서 그만두었다.

그 이후로 멧돼지는 나와 말을 하지 않았다. 책상 위에는 돌려준 돈, 1전 5리가 아직까지 놓여 있다. 먼지투성이가 되어 있다. 나는 물론 손을 댈 수 없다. 멧돼지는 절대 가져가지 않는다. 이 1전 5리가 두 사람 사이의 벽이 되어 말을 건네고 싶어도 할 수가 없었다. 멧돼지는 완강히 침묵을 고수하고 있다. 나와 멧돼지에게 그 돈은 벽이었다. 나중에는 학교에 가서 1전 5리를 보는 것이 고통스러웠다.

멧돼지와 거의 절교 상태가 된 반면 빨강셔츠와는 여전히 종래의 관계를 유지하고 있었다. 노제리 강 사건 다음 날 학교에 나온 빨강셔츠가 제일 먼저 내 옆에 와서 이것저것 말을 걸어왔다.

"자네, 이번 하숙은 괜찮은가? 다시 러시아 문학을 낚으

러 함께 가지 않겠나?”

나는 왠지 밉살스런 생각이 들었다.

“엊저녁에는 두 번 뵈었지요.”

“오, 정류장에서? 자네는 항상 그 시간에 가는가? 늦은 시간 아닌가?”

“노제리 강둑에서도 뵈었지요.”

“아, 아니! 나는 그쪽에는 가지도 않았네. 온천에 들어갔다가 바로 돌아왔는걸.”

빨강셔츠는 내 한 방에 시치미를 떼며 대답했다. 현장에
서 목격을 했는데 저렇게까지 숨길 필요가 없지 않은가. 거
짓말도 고단수다. 이러고도 중학교 교감 자격이 된다면, 나
는 대학 총장도 될 수 있다.

나는 이때부터 더더욱 빨강셔츠를 신용할 수 없게 되었
다. 신용하지 않는 빨강셔츠하고는 말을 하면서, 날 감동시
켰던 멧돼지하고는 말을 하지 않는다. 참 아이러니한 세상
이다.

어느 날이었다. 빨강셔츠가 나에게 할 얘기가 있으니 자
기 집까지 와 달라고 했다. 내키지 않았지만, 온천을 하루
쉬고서 4시쯤 찾아갔다. 빨강셔츠는 독신이지만, 교감이라
서 그런지 하숙은 벌써 옛날에 걷어치우고 멋진 현관이 딸
린 집에서 살고 있었다.

“계십니까?”

빨강셔츠 남동생이 응대하러 나왔다. 이 동생은 학교에
서 나에게 대수와 산술을 배우고 있는데 성적이 나쁜 아
이다.

빨강셔츠에게 만나자고 한 용건을 물었다. 빨강셔츠는
그 호박 파이프로 노린내 나는 담배를 피우면서 이런 얘기

를 했다.

"자네가 온 이후로 전임자 때보다 성적이 많이 향상되어 교장도 매우 좋은 인재를 얻었다고 흐뭇해 하고 있다네. 학교에서도 신뢰하고 있으니까 그리 알고 노력해 주게."

"예에, 그렇습니까? 노력한다고 해도 지금보다 더 이상 어떻게 할 수 없습니다만……"

"지금 정도면 충분하네. 다만 저번에 얘기한 일 말인데, 그 말만 명심해 두면 되네."

"하숙 알선 따위를 하는 사람은 위험하다는 것 말입니까?"

"그렇게 노골적으로 말하면 의미도 없는 일이 되지만, 아무튼 좋네. 그 말의 취지는 자네가 잘 이해했으리라 생각하네. 그래서 자네가 지금처럼 애를 써 준다면, 학교 측에서도 이미 다 감안하고 있으니까 앞으로 사정만 허락된다면, 어느 정도 대우 문제에 관해서도 생각하고 있네."

"네에? 봉급 말입니까? 봉급 같은 거야 아무래도 좋습니다만, 올려 주신다면 좋지요."

"그래서 다행히 이번에 전임자가 한 사람 생기기 때문에…… 하기는 교장과 상의를 하지 않고서는 장담할 수 없는 일이지만, 그 봉급에서 조금은 융통할 수 있을지도 모르

니까, 그것으로 변통하도록 교장에게 얘기해 볼까 하는
데……."

"대단히 감사합니다. 누가 전근합니까?"

"이제 발표를 하니까 상관없겠지. 사실은 고가 군일세."

"하지만 고가 씨는 이곳 토박이가 아닙니까?"

"이곳 사람이지만, 좀 사정이 있어서…… 절반은 본인의
희망이네."

"어디로 갑니까?"

"히우가(日向)의 노베오카(延岡)인데, 고장이 고장인 만
큼 1호봉 올려 가기로 했다네."

"누군가 대신해서 옵니까?"

"후임자도 정해졌다네. 그 후임의 형편에 따라 자네의
대우 문제도 달라질 걸세."

"예, 좋습니다. 그러나 무리하게 승급하지 않아도 상관
없습니다."

"하여튼 나는 교장에게 얘기할 생각이네. 교장도 동의할
것 같고. 앞으로 자네에게 더욱 수고해 달라고 하게 될는지
도 모르니까, 아무쪼록 지금부터 그런 각오로 일을 해 주었
으면 하네."

"지금보다 업무 시간이 연장되는 겁니까?"

"아니, 시간은 줄어들지도 모르지."

"시간은 줄어들고, 수고는 더 한단 말입니까? 이상하네."

"언뜻 들으면 이상하지만, 확실히 뭐라고 말하기 어렵지만…… 글쎄, 말하자면 자네에게 더 중대한 책임이 부여될지도 모른다는 뜻이지."

나는 통 알 수가 없었다. 지금보다 중대한 책임이라고 하면 수학 주임이다. 하지만 주임은 멧돼지고, 그 자가 사직할 기미는 전혀 없다. 게다가 학생들의 존경하는 선생이라서 전근이나 면직을 시킬 수도 없을 것이다.

빨강셔츠의 얘기는 언제나 요령부득이다. 말의 요점을 알지 못한 채 용건은 이것으로 끝났다. 그런 후 사적인 얘기들을 했는데 끝물 선생의 송별회에 관한 것에서부터 내가 술을 마시느냐는 둥 끝물 선생은 군자로서 존경할 만한 사람이라는 둥, 빨강셔츠는 이것저것 떠벌렸다. 나중에는 화제를 돌려서 하이쿠를 할 줄 아느냐고 묻기에 이것 큰일 났다 싶은 생각에 "하이쿠는 하지 않습니다. 안녕히 계십시오" 하면서 허둥지둥 돌아와 버렸다.

하이쿠는 바쇼(芭蕉 : 마츠오 바쇼. 하이쿠의 명인)나 이발소의 주인이나 하는 것이다.

수학 선생이 나팔꽃한테 두레박을 빼앗겨서야 되겠는가?('나팔꽃에게 두레박을 빼앗겨서 얻는 물' 의 유명한 하이쿠 구절을 흉내 낸 것으로 하이쿠에게 마음을 빼앗겨서야 되겠는가 하는 의미 — 역주)

가엾은 선생님

끝물 선생의 전근 이야기

세상에는 참 알다가도 모를 사람이 있다. 집은 물론이고, 일할 수 있는 학교에다 어느 것 하나 부족한 것 없는 고향이 싫어졌다고 해서 낯선 객지로 고생하러 떠난다. 그것도 화려한 도시에 전차가 다니는 곳이라면 또 모르겠지만, 히우가의 노베오카가라니 무슨 일이란 말인가?

그런 생각에 잠겨 있노라니, 여느때와 마찬가지로 할머니가 저녁상을 날라왔다.

"오늘도 고구마입니까?"

"아니오, 아니오. 오늘은 두부랑께요."

어느 쪽이든 그게 그거다.

"할머니, 고가 씨가 히우가로 간다지요?"

"참말 가엾지라우."

"가엾더라도 좋아서 간다면 어쩔 수 없지요."

"좋아서 가다니, 누가라우?"

"누가라우라니? 본인이지요. 고가 선생이 호기심이 발동하여 가는 것 아닙니까?"

"이보슈, 그건 천부당만부당한 소리랑께요."

"거짓말일까요? 하지만 방금 빨강셔츠가 그렇게 말하던데. 그게 거짓말이라면 빨강셔츠는 거짓말쟁이, 허풍쟁이다."

"교감 선생님이 그렇게 말씀하시는 것은 당연하지만서두, 고가 씨가 가고 싶지 않은 것두 당연하지라우."

"그렇다면 양쪽 다 당연하군요. 할머니는 공평해서 좋다니까. 도대체 어떻게 된 영문입니까?"

"오늘 아침 고가네 어머니가 오셔서 자세한 까닭을 얘기하셨당께요."

"어떤 이유였습니까?"

"그댁도 아버지가 돌아가신 후부터 우리가 생각하는 것만큼 넉넉하지 못해서 생활이 점차 기울어지다 보니, 어머니가 교장 선생님한테 근무한 지 벌써 4년이나 되니까, 아무쪼록 월급을 조금 올려 줄 수 없는가 하구 부탁을 했다지라우."

"그렇군요."

"교장 선생님은 아무쪼록 잘 생각해 보겠다고 말씀했다면서라우. 그래서 어머니도 안심하고서 승급 통지가 오겠지 하고, 이제나저제나 목을 늘어뜨리고 있던 참에, 교장 선생님이 잠깐 와 달라고 고가 씨에게 말씀하시기에 가 보니께, 안됐지만 학교는 돈이 부족항께로 월급을 올려 줄 형편이 못 된다, 그러나 노베오카라면 빈 자리가 있고, 거기라면 매달 5엔씩 여분으로 받을 수 있응께, 원대로 되어 괜찮으려니 하고 그렇게 수속을 했응께로 가는 게 좋겠다고 말씀하시더라우."

"그럼 의논이 아니라 명령이 아닙니까?"

"그렇지라우. 고가 씨는 객지에서 월급 많이 받는 것보다 이대로가 좋으니까 여기 살고 싶다, 집도 있고, 어머니도 있응께 하고 부탁을 했는데도, 이미 정한 다음이고 고가 씨 후임이 결정돼 있응께 할 수 없다고 교장 선생님이 말씀하셨다지라우."

"아니, 사람을 업신여기다니 불쾌하군요. 그럼 고가 씨는 갈 생각이 없군요. 그래 어쩐지 이상하더라. 5엔 정도 더 준다고 그런 산골로 원숭이를 상대하러 갈 얼간이는 아마 없을 테니까요."

"얼간이이라니, 선생님 그게 무엇이지라우?"

"무엇이든 간에 순전히 빨강셔츠의 계략이었군. 나쁜 짓거리다. 속인 거나 마찬가지야. 그걸로 내 월급을 올린다니, 그런 일이 어디 있담. 올려 준대도 누가 받을 줄 알고."

“선생님 월급이 오르십니까?”

“올려 준다고 하기에 거절하려는 겁니다.”

“왜 거절하시는게라우?”

“아무튼 거절합니다. 할머니, 저 빨강셔츠는 바보라니까요. 비겁하다니까요.”

“이보오, 비겁해도 월급을 올려 준다면 얌전하게 받아 두는 게 덕이지라우. 젊을 때는 참지 못하고 울컥 하지만, 나이를 먹고 나서 생각해 보면 조금 더 참았더라면 좋았을 걸, 화를 내는 바람에 손해 볼 짓을 했다고 반드시 후회하게 될 거랑께요. 이 할멈이 하는 말을 잘 새겨듣고 빨강셔츠가 월급을 올려 준다고 하면, 고맙습니다 하고 받아 두랑께.”

“오르건 내리건 내 월급이니, 나이 드신 분이 쓸데없는 걱정 안 하셔도 됩니다.”

할머니는 잠자코 물러갔다. 할아버지는 느긋한 목소리로 시를 읊고 있었다.

지금 나는 시 타령이나 하고 있을 판국이 아니다. 월급을 올려 준다고 하기에 별 욕심은 없었지만, 소용없는 돈을 남겨 두는 것도 아까운 일 같아서 받아들였던 것인데, 전근하고 싶지 않은 사람을 억지로 전임시키고, 그 사람의 월급

에서 갉아먹다니 그런 몰인정한 일을 어떻게 할 수 있단 말
인가.

무엇보다 빨강셔츠에게 가서 거절하고 오지 않으면 마
음이 홀가분하지 않을 것 같았다.

빨강셔츠를 찾아가다

고쿠라(小倉 : 고쿠라 오리(織)의 준말. 굵은 실로 두껍게
짠 면직물)로 만든 하카마를 입고 빨강셔츠에게
다시 찾아갔다. 커다란 현관에 서서 인기척을 하자 다시 그
동생이 응대하러 왔다. 나를 보더니 지금 손님이 와 계시다
고 말했다. 나는 현관이라도 좋으니 잠깐 뵙고 싶다고 말하
며 안으로 들어갔다.

발밑을 보니 다다미 바닥을 댄 얇다란 고마게타(駒下駄 :
통나무로 뒷면을 편편하게 깎아서 앞으로 기울어지게 신는 일본신)가 놓
여 있다. 방 안에서는 "이젠 이겼군요" 하는 소리가 들렸
다. 손님이 알랑쇠라는 걸 알아챘다. 알랑쇠가 아니라면,

160

저런 간지러운 소리를 내고 이런 광대 같은 신발을 신을 사람이 없다.

한참 후 빨강셔츠가 등불을 들고 현관까지 나왔다.

"어서 올라오게, 다른 사람이 아니라 요시카와 군이 와 있어."

"아니오, 여기가 좋습니다. 잠깐 얘기하면 되니까요."

그렇게 말하고 빨강셔츠의 얼굴을 보니까 홍당무 같았다. 알랑쇠와 한잔 하고 있는 모양이다.

"아까 제 월급을 올려 주신다고 하셨는데 생각이 바뀌어서 거절하러 왔습니다."

세상에 승급을 거절하는 이상한 녀석도 다 있구나 하는 생각을 하는 건지, 금방 돌아간 놈이 이렇게 와서 거절한다고 하니 어처구니가 없는 건지, 아님 이 두 가지 생각을 동시에 하고 있어서 그런지 이상한 입 모양을 한 채 서 있었다.

"그때 제가 승낙한 것은 고가 씨가 자기 희망으로 전근한다고 말씀하셨기 때문인데……."

"고가 군은 본인 의사로 가는 것일세."

"그렇지 않습니다. 여기에 있고 싶어 합니다. 월급이 그대로여도 좋으니까 고향에 있고 싶어 합니다."

"고가 군이 그렇게 말하던가?"

"묵고 있는 하숙집 할머니가 고가 씨 어머니에게 들은 내용을 오늘 제게 말한 것입니다."

"미안하지만 조금 다르다네. 자네 말에 따르자면, 하숙집 할멈 얘기는 믿지만, 교감 말은 믿지 않는다는 것처럼 들리는데…… 그런 뜻으로 해석해도 되겠는가?"

나는 조금 난처해졌다. 문학가라는 존재는 역시 여간내기가 아니다. 미묘한 부분에 달라붙어서 치근치근 물고 늘어진다. 아버지는 나에게 이런 말씀을 잘 하셨다.

"너는 경솔해서 못쓰겠다. 못쓰겠다."

나는 정말 경솔한 모양이다. 할머니 얘기를 듣고 세상에 이런 일이 있을 수 있나 하면서 뛰어왔으나 사실은 끝물 선생과 그의 어머니를 만나서 정확한 사정을 들어 보지 못했던 것이다. 그러니까 이렇게 문학가 식으로 공격해 들어오면 당할 수밖에 없지 않은가.

그러나 내 마음속에는 이미 빨강셔츠에 대한 불신이 굳어져 있는 상태다. 하숙집 할머니는 노랭이고 욕심쟁이임에는 틀림없지만, 거짓말은 하지 않는 노인네다. 빨강셔츠처럼 겉 다르고 속 다르지는 않다.

난처해진 나는 이렇게 대답했다.

"당신의 말이 옳을지도 모릅니다만, 아무튼 승급은 사양하겠습니다."

"그토록 싫다면, 무리하게 권하지는 않겠네. 하지만 돌아간 지 겨우 두세 시간도 못 되어 특별한 이유도 없이 갑자기 마음이 변한다면, 앞으로 자네 신용에도 금이 가는 일일세."

"금이 가도 상관없습니다."

"그렇지는 않다네. 인간에게 신용만큼 중요한 것은 없지. 지금 한 걸음 물러서서 하숙집 주인 할아버지가……."

"주인 할아버지가 아니라 할머니입니다."

"어쨌든 좋아 하숙집 할머니가 자네에게 말한 것을 사실로 인정한다 치더라도 자네의 승급은 고가 군의 월급을 깎아서 취하는 것이 아니지 않은가. 고가 군은 노베오카로 떠나고 그 후임이 온다네. 그 후임이 고가 군보다도 약간 적은 급료를 받게 된다네. 그 나머지가 자네한테로 돌아가는 게지. 자넨 누구에게도 미안해 할 필요가 없다네. 싫다면 할 수 없지만, 다시 한번 잘 생각해 보게나."

예전의 나였다면 모자란 인간이어서 상대방이 이런 변설을 늘어놓을 때마다 '아! 그렇구나. 그렇다면 내가 틀렸구나' 하고 미안해 하며 물러섰을 테지만, 오늘밤은 왠지 그렇게 안 된다.

처음 이곳에 왔을 때부터 빨강셔츠는 왠지 밉상이었다. 한때는 여자 같은 친절함에 호감을 가진 적은 있지만, 그것이 친절도 아무것도 아니라는 것을 알았고, 그 역효과로 지금은 완전히 싫어졌다. 그래서 앞에서 아무리 교묘하게 논리적으로 변론을 다부지게 늘어놓고, 교감입네 하며 거만하게 나를 윽박지른다 하더라도, 나는 관여치 않았다.

논리정연하다고 해서 다 좋은 사람이란 법은 없다. 돈과 권력, 논리로써 사람 마음을 살 수 있다면 고리대금업자나 순경, 대학교수가 사람들의 호감을 가장 많이 사야만 한다. 중학교 교감 정도의 논법에 어떻게 내 마음이 움직인단 말인가. 사람은 좋고 싫은 감정에 움직이는 존재다. 논리로는 움직이지 않는 것이다.

"선생님 말씀은 지당합니다만, 나는 승급이 싫어졌기 때문에 아무튼 거절합니다. 생각해 본들 마찬가지입니다. 안녕히 계십시오."

그리고 문을 나섰다. 하늘에는 은하수가 한 줄기 걸려 있었다.

멧돼지와의 화해

끝물 선생의 송별회가 있던 날 아침, 학교에 나오니 멧돼지가 갑자기 아주 장황한 사과를 했다.

"이보게, 요전에는 이카긴이 와서 자네가 난폭해서 곤란 하니까 제발 나가도록 얘기해 달라고 부탁하기에 진심으 로 듣고 자네에게 나가 달라고 얘기했다네. 그런데 나중에 알고 보니 그자는 순 나쁜 놈이었네. 가짜 그림에 가짜 낙 관을 찍어서 판다고 하니 자네 일도 순전히 엉터리임이 분 명해.

자네에게 족자나 골동품을 팔아서 장사를 해볼 심산이 었는데, 자네가 상대를 하지 않아 벌이가 되지 않자 그런 조작을 해서 속였던 거지. 내가 그 사람을 알지 못했기 때 문에 자네에게 큰 실례를 범했네. 용서해 주게나."

나는 아무 말도 하지 않고, 멧돼지의 책상 위에 있던 1전 5리를 집어서 내 지갑 속에 넣었다.

"자네, 이제 그것을 집어넣는 겐가?"

의아한 듯이 멧돼지가 물어왔다.

"응, 난 자네한테서 대접받는 것이 싫었기 때문에 반드시 갚을 생각이었지만, 나중에 곰곰이 생각해 보니 역시 대접을 받는 편이 좋을 것 같아서 집어넣는 것이네."

"그렇다면, 왜 진작 집어가지 않았는가?"

멧돼지는 크게 웃으면서 물었다.

"사실은 집어가야지, 집어가야지 하고 생각했지만 왠지 어색해서 그대로 두었지. 요즘은 학교에 와서 1전 5리를 보는 것이 고통스러워서 정말 싫었다네."

"자네도 어지간한 고집통이구먼."

그런 후 우리 둘은 이런 얘기를 주고받았다.

"자넨 도대체 고향이 어딘가?"

"난 에돗코라네."

"음, 도쿄란 말이지. 그래 어쩐지 지기 싫어하는 기질이 강하다 싶었지."

"자네는 어딘가?"

"난 아이즈(會津)라네."

"아이즈 태생인가, 고집이 세게도 됐구먼, 오늘 송별회에 가 볼 셈인가?"

"가고 말고, 자네는?"

"나도 물론 가지, 고가 씨가 떠날 때는 항구에 전송을 나가려고까지 마음먹고 있다네."

"송별회는 재밌다네. 나가 보게. 오늘은 마음껏 취하고 싶다네."

"맘껏 마시게. 나는 생선만 먹고 바로 돌아갈 걸세. 술 마시는 놈은 바보야."

"자네는 이내 시비를 걸어오는군. 정말 에돗코의 경박함이 그대로 잘 드러나는군."

"아무튼 좋아, 송별회에 가기 전에 잠깐 내 하숙집에 들러 주게. 할 얘기가 있다네."

멧돼지는 약속대로 내 하숙집에 들렀다. 나는 요전부터 끝물 선생의 얼굴을 볼 때마다 가엾기 짝이 없었는데 드디어 오늘 송별회를 한다니까 어쩐지 서글퍼서 할 수만 있다면 내가 대신 가고 싶다는 생각도 들었다. 그래서 송별회 석상에서 연설이라도 하여 가는 길을 성대하게 해 주고 싶었다. 하지만 어떻게 해야 할지 몰라 목소리가 우렁찬 멧돼지를 통해 빨강셔츠의 간담을 한번 서늘하게 해 주기 위한 계획을 세우기 시작했다.

나는 먼저 마돈나의 사건부터 시작했는데, 멧돼지는 마돈나 사건을 나보다 더 상세히 알고 있었다. 내가 노제리 강둑의 얘기를 하고서 "바보 같은 자식!"이라며 분개하자 멧돼지가 말했다.

"자네는 걸리기만 하면 누구에게나 '바보'라고 하는군. 오늘 학교에서 나 보고 바보라고 하지 않았나. 내가 바보라면 빨강셔츠는 바보가 아닐세. 나는 빨강셔츠와 동류가 아닐세."

"그렇다면 빨강셔츠는 쓸개 빠진 인간이다."

"그럴지도 모르지."

멧돼지는 매우 흡족해 했다. 멧돼지는 억세기는 하지만, 이런 말에 있어서는 나보다 훨씬 단어를 모른다. 아이즈 태생은 다 이런가 보다.

그런 후에 승급 사건과 나중에 거론될 비중 있는 등용 문제 등 빨강셔츠가 한 말을 그대로 했더니 멧돼지는 "흥" 하고 콧방귀를 뀌었다.

"그렇다면 나를 면직시킬 심산이로군."

멧돼지는 못마땅한 듯 투덜거렸다.

"면직시킨다면, 자네 그만둘 생각인가?"

"누가 가만히 앉아서 당할까 봐? 내가 면직된다면 빨강셔츠도 함께 면직시켜 줄 거야."

멧돼지는 크게 으스대며 소리쳤다.

"어떻게 함께 면직될 수 있지?"

내가 다시 물었더니 그는 "차차 생각을 해봐야지"라고
대답했다.

멧돼지는 강하지만 지혜가 모자란다. 내가 승급을 거절
했다고 말하자 멧돼지가 대단히 기뻐하면서 과연 에돗코
답다고 하면서 격찬을 해 주었다.

"끝물 선생이 그토록 싫어한다면 어째서 유임운동(留任運
動 : 전임 또는 사임을 보류, 중지하는 운동)을 하지 않았지?"

"끝물 선생한테서 얘기를 들었을 때는 이미 결정난 사항
이어서, 교장에게 두 번, 빨강셔츠에게 한번 가서 얘기를
해봤시만 별수가 없었네."

"그렇다곤 하지만, 고가 군은 사람이 너무 좋아서 탈이
야. 빨강셔츠한테서 얘기를 들었을 때 단번에 거절하든지,
한번 생각해 보겠다고 하면서 피했으면 됐을 것을……. 그
언변술에 속아 즉석에서 허락을 했기 때문에 나중에 어머
니가 애원을 하고 내가 중간에 나서서 애를 써도 아무런 도
움이 되지 못했지."

멧돼지는 퍽 애석해 하는 표정이었다.

"이번 사건의 진상은 순전히 빨강셔츠가 끝물 선생을 멀
리 보내고, 마돈나를 수중에 넣으려는 수작일 거야."

"물론 틀림없이 그렇겠지. 그 녀석은 양의 탈을 쓰고 악

행을 저지르고는 남이 꼼짝못하도록 미리 빠져나갈 구멍을 만들어 놓고 있는, 여간 간교한 작자가 아니야. 그런 놈은 따끔한 주먹맛을 보여 줘야 정신을 차리지, 다른 방도는 없어."

멧돼지는 자신의 근육질 팔을 걷어 보였다. 이왕 말이 나온 김에 한 가지 물어 보았다.

"자네 팔뚝이 강해 보이는데 유도라도 배웠나?"

그러자 그는 양팔에 힘을 주더니 나에게 만져 보라고 했다. 손끝으로 눌러 보았더니, 바로 목욕탕에 있는 때를 문지르는 돌 같았다.

너무 감탄한 나머지 그 정도의 팔뚝이라면 빨강셔츠 같은 놈, 5~6명은 한꺼번에 내동댕이칠 수 있겠다고 말했다. 그러자 멧돼지는 물론 그렇다고 동의하면서 또 팔뚝을 폈다 오그렸다 한다. 그러자 알통이 가죽 속에서 올라갔다 내려갔다 하며 뭉클거린다. 정말 유쾌한 기분이었다.

멧돼지는 그의 경험담 한 가지를 들려주었는데, 노끈 두 가닥을 한 가닥으로 꽈서 알통이 솟는 자리에 감아 놓고 힘을 주면 "툭" 하고 끊어진다는 것이었다.

"노끈이라면 나도 할 수 있겠는걸."

그러나 멧돼지가 "어림도 없지, 할 수 있다면 어디 한번

해보시지” 하고 말하는 바람에 끊어지지 않으면 나만 창피하니까 보류해 두었다.

“자네 어떤가, 오늘밤 송별회에서 실컷 마시고 나서 빨강셔츠와 알랑쇠를 손봐 주지 않겠는가?”

나는 반 농담으로 권해 보았다.

“생각은 좋은데 말이야……”

멧돼지는 한참 골똘히 생각하더니 대답했다.

“오늘밤은 그만두는 게 낫겠어.”

“왜?”

“오늘밤은 끝물 선생한테 미안하지. 그리고 어차피 때릴 거라면 그 놈들이 못된 짓 하는 장면을 잡아서 현장에서 때려 주자구. 그렇지 않으면 우리 쪽 과실이 되지.”

멧돼지긴 하지만 나보다 소견은 있는 모양이다.

“그럼, 연설로 끝물 선생을 많이 북돋아 주게. 내가 하면 에돗코의 나불거리는 말투 때문에 무게가 없어서 못쓴다네. 그리고 모임에만 나가면 갑자기 가슴이 벅차고 목구멍에 커다란 덩어리가 올라와서 말문이 막혀 버리기 때문에 자네한테 양보하는 것일세.”

“희한한 병도 다 있군. 그럼 자네는 사람들 있는 데선 입도 뻥긋할 수 없단 말이지? 고것 참 난처한 일이군.”

"천만에. 그다지 심각한 것은 아니네."
나는 그렇게 못박아 두었다.

끝물 선생의 송별 모임

그럭저럭 하다 보니 시간이 되어 멧돼지와 함께 송별회 장소로 발걸음을 옮겼다. 드디어 상이 차려져 나왔다. 술병이 줄줄이 놓여졌다. 간사가 일어나 한 마디 개회사를 한다. 그런 다음 너구리가 하고, 빨강셔츠가 바통을 이어받았다. 모두가 송별사를 한마디씩 하는데, 세 사람 모두 짠 것처럼 "끝물 선생은 훌륭한 교사이며 호인"이라고 나발을 분다.

"이번에 떠나시게 되어 진심으로 유감스럽게 생각합니다. 학교뿐만 아니라 개인적으로 지극히 안타깝게 생각하지만, 일신상의 사정으로 전근을 강력히 희망하셨기 때문에 어쩔 수가 없었습니다."

이런 거짓말로 송별회를 시작하면서 조금도 부끄러워하

지 않았다. 가관인 것은 빨강셔츠가 세 사람 중에서 가장 끝물 선생 칭찬을 많이 하는 것이 아닌가.

"이런 좋은 친구를 잃는다는 것은 저에게 참 불행한 일입니다"라고까지 말하는 것이었다. 그것도 그 말하는 폼이 너무나 그럴듯하고, 여느때보다 더 상냥한 목소리여서 아무것도 모르는 사람이 들으면, 누구든지 정말 그런 줄 알 것이다. 마돈나도 아마 이런 수법으로 낚아챘을 것이다.

빨강셔츠가 송별사를 늘어놓고 있는 동안에 맞은편에 앉아 있던 멧돼지가 나를 보고 눈을 끔뻑 하였다. 나는 그것에 대한 응답으로 집게손가락으로 아래 눈꺼풀을 뒤집어 보였다.

빨강셔츠가 자리에 앉았다. 그러자 기다렸다는 듯이 멧돼지가 불쑥 일어섰는데, 순간 나는 흥분되어서 부지불식 중에 박수를 치고 말았다.

그러자 너구리를 비롯한 좌중의 시선이 나에게 쏠려서 조금 난처했다. 멧돼지가 무슨 소리를 하는가 했더니 이렇게 말하는 것이었다.

"지금 교장 선생님을 비롯해서 교감 선생님이 누구보다도 고가 씨의 전근을 몹시 애석해 하고 계시지만, 저는 약간 의견을 달리하여 고가 씨가 하루라도 빨리 전근을 떠났으면 하는 바람입니다. 노베오카는 먼 벽지로서 이곳과 비교한다면, 생활하는 데 불편함은 있을 것입니다. 하지만 소문에 의하면 풍속이 아주 소박한 고장으로 직원과 학생들이 하나같이 꾸밈없고 순수한 기풍을 띠고 있다고 합니다. 마음에도 없는 찬사를 늘어놓는다든지, 멀쩡하게 생겨 가지고 군자를 모함하는 하이칼라 놈들은 한 녀석도 없을 것이라고 믿기 때문에 고가 씨와 같이 온후하고 솔직하며 인정이 두터운 사람은 반드시 그 지방 사람들에게 환영받을 것입니다. 저는 고가 씨의 전임을 축하하는 바입니다.

끝으로 고가 씨가 노베오카에 부임하거는 그 지역의 숙녀로서 훌륭한 남자에게 어울리고 반려자로서 자격이 되는 사람을 선택해서 하루라도 빨리 원만한 가정을 일구어 저 지조를 지키지 않은 말괄량이 아가씨의 코를 납작하게 해 주시길 바라는 바입니다."

그러고 나서 멧돼지는 "에헴, 에헴" 하며 큰 헛기침을 두 번 정도 하고서는 자리에 앉았다. 나는 이번에도 손뼉을 칠 뻔했지만, 모두의 시선이 두려워 그만두었다.

멧돼지가 앉자 이번에는 끝물 선생이 일어섰다. 끝물 선생은 정중하게 자신의 자리에서, 방 윗목의 말석까지 가서 공손히 일동에게 인사를 한 다음 "이번에 일신상의 사정으로 규슈(九州)로 가게 된 것에 대하여 여러 선생님들께서 이렇게 저를 위해 성대한 송별회를 베풀어 주시니 진심으로 감격해 마지않는 바입니다. 특히 방금 교장 선생님, 교감 선생님, 그 외 여러 선생님들의 송별사에 대하여 참으로 고맙게 여기며 평생 가슴에 새겨 두고자 합니다. 저는 이제 먼 곳으로 갑니다만, 아무쪼록 종전처럼 변함없는 사랑과 응원을 부탁드립니다" 하며 허리를 굽혀 인사를 하고 나서 자리에 앉았다.

끝물 선생은 사람이 어디까지 좋은지, 그 속을 알 수가 없다. 자신을 바보 취급하는 교장과 교감에게 공손하게 치사를 하고 있다. 그것도 체면상 형식적으로 하는 인사라면 몰라도 그 태도나 그 말솜씨 하며 얼굴 표정으로 본다면 진심으로 감사를 하고 있는 듯하다.

이런 성인에게 진심 어린 인사를 받는 너구리나 빨강셔츠는 면목이 없어서 낯 뜨거워질 만도 할 텐데, 그러기는커녕 진심으로 듣고 있을 뿐이다.

인사가 끝나자 여기저기서 "쭈욱, 쭈욱" 하는 소리가 들린다. 나도 흉내를 내어 국물을 마셔 봤더니 맛이 없었다. 그러는 동안 데운 술병이 부산하게 오고가고 하더니 주위가 갑자기 소란해졌다.

알랑쇠는 교장 앞으로 나아가 공손하게 잔을 받고 있었다. 역겨운 놈이다. 끝물 선생은 차례차례 술을 따르며 한 바퀴 돌 모양이다. 상당히 힘들 텐데 말이다.

끝물 선생은 내 앞에 와서는 하카마(일본 옷 겉에 입는 주름잡힌 하의) 주름을 바로 세우고 술을 청했다. 나도 거북스럽게 꿇어앉아서 한 잔 따르며 말했다.

"모처럼 여기까지 왔는데 이렇게 이별이라니, 애석합니다. 언제 떠나십니까? 꼭 부두에 전송을 나가겠습니다."

"아닙니다. 바쁘실 텐데…… 그러실 필요는 없습니다."

끝물 선생이 뭐라고 해도 나는 학교를 결근하고서라도 전송을 나갈 작정이다.

한 시간 정도 지났을까, 좌중은 상당히 소란스러워졌다. 약간 지루한 생각이 들어서 화장실에 갔다가 별빛에 비친 고풍스러운 정원을 바라보고 있었다. 그때 멧돼지가 다가와 "어때? 아까 연설 잘했지?"라며 꽤 우쭐거린다.

"대만족이었지만, 한 가지가 마음에 들지 않았어."

나는 불만을 얘기했다.

"어디가 마음에 들지 않았지?"

"반반한 얼굴로 사람을 함정에 빠뜨리는 하이칼라는 노베오카에 없으니까…… 하고 자네가 말했지?"

“응.”

“‘하이칼라’만으로는 부족하다구.”

“그럼 뭐라고 하지?”

“하이칼라 녀석에다가 협잡꾼, 사기꾼, 늑대의 탈을 쓴 놈, 야바위꾼에다가 날다람쥐 같은 놈, 포졸 앞잡이에다가 멍멍 짖는 개새끼나 다름없는 놈이라고 했어야지.”

“나는 그렇게는 혀가 돌아가지 않아. 자네는 말재주가 있어. 우선 단어를 많이 알고 있지. 그런데 연설이 안 되니 이상하지 않나?”

“아니지. 그건 싸움을 대비한 용어고, 연설에서는 이런 말을 할 수 없지.”

“그런가? 하지만 청산유수지 않은가? 어디 한번 해보게.”

“얼마든지 할 수 있지. 보라구! 하이칼라 녀석, 협잡군, 사기꾼에다가⋯⋯”라고 늘어놓고 있는데, 복도에서 쿵쾅거리며 두 사람 정도가 비틀거리면서 달려 나왔다. 그리고는 “두 양반들, 이거 너무하는군. 도망가다니. 내가 있는 한 결코 도망갈 수 없지. 어서 마시게나. 사기꾼? 재미있군. 정말 재미있어. 자아! 어서 마시자구” 하고서는 나와 멧돼지를 세차게 끌고 간다. 사실은 이 두 사람도 화장실에 왔었는데 취해서 볼일 보는 것을 잊어버리고 우리를 끌고 가는 것일 게다. 술주정꾼은 할 일은 잊어버리고, 눈앞의 일에 정신을 빼앗기는 모양이다.

"자, 여러분들! 사기꾼을 끌고 왔어. 어서 술을 마시게 하자구. 사기꾼을 잔뜩 취하게 만들자구. 여보게! 달아나 면 안 돼."

그리고는 가만히 있는 나를 벽 쪽으로 밀어붙였다. 여기 저기 둘러보니 상 위에 먹을 만한 안주가 없다. 자기 몫을 먹어치우고 대여섯 칸 앞으로 안주 원정을 나간 작자도 있 다. 교장은 언제 돌아갔는지 보이지 않는다.

"고가 선생, 이제 돌아갑시다."

나는 돌아갈 것을 권유해 보았다.

"오늘은 저를 위한 송별회인데, 제가 먼저 돌아가는 것 은 실례가 되지요. 제 걱정은 마십시오."

끝물 선생은 이렇게 말하며 움직일 기색도 보이지 않 는다.

"무슨 상관입니까? 송별회라면 송별회답게 해야지요. 저 꼴을 좀 보십시오. 미치광이 모임입니다. 자, 어서 돌아 갑시다."

무리하게 권하고 방을 나가려고 하는데, 알랑쇠가 빗자

루를 휘두르며 다가왔다.

"이런, 오늘의 주인공이 먼저 가다니 너무하지 않은가. 청일담판(일본과 청나라와의 분규)이다. 못 가."

알랑쇠는 소리를 지르면서 비를 가로로 질러 앞길을 막았다. 나는 아까부터 부아가 실실 나기 시작한 터였다.

"청일전쟁이라면 네놈이 오랑캐일 테지."

나는 갑자기 주먹으로 알랑쇠의 대갈통을 휘갈겨 주었다. 알랑쇠는 이삼초 동안 얼빠진 사람처럼 멍하니 서 있었다.

"아니 이건 너무하는군. 주먹질을 하다니 몰인정하구먼. 이 요시가와를 때리다니 정말 어처구니가 없구만. 이젠 정말 청일회담이다."

알랑쇠가 이런 말도 되지 않는 소리를 하고 있는데, 뒤에서 멧돼지가 무슨 일이 벌어진 것을 알고 뛰어왔다. 그리고 알랑쇠의 이런 추태를 보고는 갑자기 목덜미를 잡아당겼다.

"청일…… 아야! 아야! 이런 난폭한 짓을 하다니."

알랑쇠가 이러는 것을 멧돼지가 조금 비틀었더니 이내 쿵 하고 쓰러졌다. 다음에는 어떻게 되었는지 모른다. 도중에 끝물 선생과 헤어져서 집에 돌아오니 11시가 넘었다.

승전 기념일

오늘은 승전 기념일로 수업이 없다. 기념식이 연병장에서 열리는 관계로 너구리는 학생들을 인솔해서 참석해야 한다. 나도 교직원의 한 사람으로서 참석하게 되었다.

거리에 나서니 일렁이는 일장기 물결에 눈이 부실 정도였다. 체육교사는 정원이 800명에 이르는 학생들의 대오를 정돈하고, 반과 반 사이의 간격을 두어서 그 사이에 감독할 교직원을 한 사람 내지 두 사람씩 배치했다. 방법은 상당히 그럴듯해 보이지만, 실제로는 이만저만 허술한 게 아니었다.

철없는 학생들이라 건방지기 짝이 없었다. 그들은 규율을 깨뜨려야만 체면이 선다고 생각하는 놈들이었다. 따라서 선생 몇 사람이 달라붙어도 아무 소용이 없었다. 명령을 내리지도 않았는데 마음대로 군가를 부르지를 않나, 군가를 멈추면 이유 없이 "와" 하는 함성을 지르지를 않나, 마치 불량배가 거리를 휩쓸고 지나가는 꼴이었다.

군가도 부르지 않고 함성도 지르지 않을 때에는 와글와

글하게 무언가를 지껄이고 있다. 조용히 걸어갈 수도 있을 텐데. 아무리 잔소리를 해봤자 소용이 없었다. 떠드는 것도 단순한 지껄임이 아니라 무례하게도 교사의 험담을 한다.

나는 숙직사건으로 인해 학생들을 사죄시키고, 이 정도면 정신을 차렸겠지 하고 생각했는데 사실은 큰 착각이었다. 하숙집 할머니 말을 빌리자면, 정말 얼토당토않은 뺑쟁이들이었다.

학생들은 진심으로 뉘우치고 잘못을 빈 것이 아니었다. 단지 교장의 명령을 받고서 형식적으로 머리를 숙였을 뿐이다. 머리만 조아리고 교활한 짓을 계속하는 장사꾼과 마찬가지로 학생들도 사죄는 하지만, 장난은 결코 그만두지 않을 것이다.

잘 생각해 보면, 세상 사람들 대부분이 이런 학생들과 같은 작자들로 이루어져 있는지도 모른다. 사람이 사과를 하거나 용서를 빌 때 진정으로 받아들이고 용서하는 사람은 지나치게 정직한 바보 취급을 당하는 것이 아닌가? 거짓으로 사죄하니, 용서도 분명히 가짜일 수밖에 없다. 만약 정말 사죄받기를 원한다면, 진심으로 후회할 때까지 두들겨 주지 않으면 안 될 것이다.

내가 각 반 사이에 들어가니 덴뿌라라는 둥, 경단이라는 둥, 하는 소리가 끊임없이 들린다. 그것도 숫자가 많아서 누가 하는 소리인지 알 수가 없다. 설사 안다고 해도 "선생님에게 덴뿌라라고 한 것이 아니다, 경단이라고 한 것이 아니다, 그건 신경이 예민해지셔서 그렇게 들리는 것"이라고 말할 것이 틀림없다.

이런 비겁한 근성은 봉건시대부터 젖어 온 이 지방 습관이어서 아무리 타이르고 가르쳐 주어도 도저히 고쳐질 리가 만무하다. 이런 고장에 일년만 있으면, 멀쩡한 나도 이런 흉내를 내게 될지도 모른다. 자기 체면이 손상되지 않도록 상대방이 교묘하게 빠져나가는 것을 못 본 체할 얼간이는 없을 것이다.

상대가 사람이라면 나도 사람이다. 학생이든 아이들이든 덩치는 나보다 크다. 따라서 벌로써 어떻게든 보복을 하지 않으면 체면이 서지 않는다. 그런데 내 쪽에서 보복을 할 때 만만하게 한다면 저쪽에서 역습을 해올 것이다. "네 놈이 나쁘기 때문이다"라고 말하면, 처음부터 빠져나갈 구멍을 만들어 놓았기 때문에 거침없이 변명을 해댈 것이다. 변명을 늘어놓고선 밖으로는 당당한 척하면서 그 다음에는 이쪽의 결점을 공격해 들어온다.

원래가 보복으로 시작된 일이므로 이쪽의 주장은 저쪽

의 결점이 드러나지 않는 이상, 변명에 지나지 않는다. 요컨대 먼저 손을 댄 쪽은 저쪽인데, 세상 이목에는 내가 건 싸움처럼 비쳐질 수도 있다. 막대한 불이익이다.

이렇게 생각하며 마지못해 따라가노라니, 선두 쪽에서 갑자기 소요가 발생했다. 동시에 대열이 딱 멈추었다. 이상해서 오른쪽으로 벗어나 저쪽을 보니 오테(大手) 거리 막다른 곳, 야쿠시(藥師) 거리로 돌아가는 길모퉁이에서 정체된 채 밀고 밀리고 하면서 옥신각신 하고 있었다.

선두 쪽에서 조용히 하라고 하는 체육 선생의 쉰 목소리가 들렸다. 무슨 일이냐고 물으니, 길모퉁이에서 중학교와 사범학교기 맞붙었다는 것이다.

중학교와 사범학교는 어느 지방에서든지 개와 원숭이 같은 앙숙 관계다. 무슨 까닭인지 모르지만, 기풍이 전혀 맞지 않는다. 무슨 일만 생기면 싸움을 한다. 아마 좁은 시골에서 따분하여 심심풀이로 싸우는가 보다. 나는 싸움은 좋아하는 편이라 붙었다는 소리에 반은 재미 삼아 달려 나갔다.

내가 거치적거리는 학생들 사이를 빠져나가서 길모퉁이에 막 들어서려고 하는데, "앞으로" 하는 높고 날카로운 구령이 들리면서 사범학교 쪽이 엄숙하게 행진을 시작했다. 타협이 된 것임에는 분명하지만, 결국 중학교가 한 걸음 양보한 것이었다. 자격으로 말하자면 사범학교가 위라고 한다.

승전 기념식은 매우 조출했다. 여단장이 축사를 낭독하고 지사가 축사를 낭독하고, 행렬자가 만세를 불렀다. 그것으로 끝이었다.

축하연은 오후에 있다고 하기에 일단 하숙집으로 돌아갔다. 그리고 요전부터 마음먹고 있었던, 기요에게 보낼 답장을 썼다. 자세하게 써 달라는 부탁 때문에 이번에는 되도록 정성을 들여야만 했다. 그러나 막상 편지지를 펴 놓고 보니 쓸 것은 많은데 무엇부터 써 나가야 할지 몰랐다.

저것으로 할까? 저것은 귀찮다. 이것으로 할까? 이것은 시시하다. 힘들이지 않고 술술 적을 만한 것으로, 기요가 재미있어 할 사연을 생각해 보니 들어맞는 사건이 하나도 없는 듯했다.

나는 먹을 갈아서 붓을 축인 후 종이를 바라보고, 붓을 축이고, 먹을 갈고, 또 종이를 바라보고 같은 동작을 똑같이 몇 번씩 되풀이했다. 그런 다음 아무래도 편지 쓸 재간이 없다는 생각이 들어 붓을 내려놓고는 벼루 뚜껑을 덮어버렸다. 편지 쓰는 일 따위는 귀찮다. 역시 도쿄로 올라가 기요를 만나서 얘기하는 편이 훨씬 쉽겠다.

기요의 근심을 헤아리지 못하는 것은 아니지만, 기요의 요청대로 편지를 쓴다는 것은 21일간의 단식보다도 힘들다.

스키야키(전골)

나는 붓과 편지지를 내동댕이치고서 벌렁 드러누워서 팔베개를 했다. 마당을 바라보니 역시 기요가 마음에 걸린다.

그때 문득 이런 생각이 들었다. 이렇듯 먼 곳에 와서까지 기요를 걱정하고 있는 것으로 보아 나의 진심이 기요에게 통할 것이 틀림없다. 통하기만 한다면야 편지 같은 것은 보낼 필요가 없다. 보내지 않으면 무사하게 잘 지낸다고 생각하겠지. 편지는 임종 때나 병이 났을 때, 무슨 일이 있을 때 보내는 것이다.

마당은 열 평 정도의 편편한 뜰인데 변변한 나무가 없

다. 단지 귤나무가 한 그루 서 있었는데 담 밖에서도 보일
만큼 높다.

나는 하숙집에 돌아오면, 항상 이 귤나무를 바라본다.
도쿄에서만 자란 사람에게는 귤이 열려 있는 광경은 퍽 신
기하기 때문이다.

저 푸른 열매가 점점 익어서 노랗게 될 터인데, 분명히
보기에 좋을 것이다. 지금도 벌써 절반쯤 색깔이 노랗게 변
한 놈도 있다. 할머니가 그러시는데 이 귤은 수분 함량이
많고 맛있다고 한다.

"이제 익거든 실컷 잡수시랑께요."

할머니가 말했다. 그래서 나는 매일 몇 개씩 먹어야지
하고 생각했다. 이제 3주일만 지나면 먹음직스럽게 익을
것이다. 설마하니 3주일 내에 이곳을 떠나는 불상사는 없
겠지.

귤에 대해 이것저것 생각하고 있는데 멧돼지가 하숙집
을 방문했다.

"오늘 승전 기념일이고 해서 자네와 함께 맛있는 거라도
먹으려고 쇠고기를 사 왔다네."

멧돼지는 죽순 껍질로 싼 뭉치를 소매에서 꺼내어 방 한
가운데에 내던지며 말했다.

나는 하숙집에서 고구마 고문, 두부 고문을 당하면서 국수가게와 경단가게에 출입금지를 당하고 있던 터라 좋아하며 바로 할머니에게 냄비와 설탕을 빌려와서는 끓이기 시작했다.

"자네, 빨강셔츠에게 단골 기생이 있다는 사실을 알고 있나?"

고기를 마구 씹어대면서 멧돼지가 물었다.

"알고 말고, 요전번에 막물군 송별회 때 그 자리에 있었던 기생들 중 한 명이겠지."

"그 작자는 입만 열었다 하면 품성이라는 둥 정신적 오락이라는 둥 운운하면서 뒤에서는 기생과 놀아나는 괘씸한 녀석이라구. 그리고 다른 사람의 즐거움을 책망이나 하지 않으면 좋으련만. 자네가 국수가게에 간다거나 경단가게에 들르는 일마저 풍기를 더럽힌다고 교장을 통해 주의를 주지 않았나?"

"응, 그 녀석 사고방식으론 돈으로 기생 사는 것은 정신적인 오락이고, 덴뿌라나 경단은 물질적인 오락인 모양이지. 정신적 오락이라면 터놓고 하란 말이야 뭐야? 그 꼬락서니하고는. 단골기생이 들어오니까 교대로 자리를 떠서 도망을 치다니. 끝까지 남을 속이려고만 드니 정말 괘씸하

지 않나?”

“이봐, 그건 아직 덜 익었어. 그런 건 먹으면 촌충 생겨.”

“그래? 뭐 괜찮겠지. 그리고 빨강셔츠는 남의 눈을 피해서 온천 거리의 가도야(角屋)에 가서 기생과 만나는 모양이야.”

“가도야라고 하면 바로 그 여관 말인가?”

“여관과 요리집을 겸하고 있지. 그러니까 그 녀석 코를 한번 납작하게 해 주기 위해서는 그자가 기생을 데리고 그리로 들어가는 현장을 잡아서, 대놓고 못된 행실을 힐문하는 거야.”

“현장 목격이라면, 밤중에라도 한단 말인가?”

“응, 가도야 앞에 마스야(枡屋)라는 여관이 있지. 그곳 정면 이층을 빌려 장지에 구멍을 뚫어서 지켜보면 된다네.”

“보고 있으면 올까?”

“오겠지. 어차피 하룻밤 가지곤 안 돼. 한 2주일쯤은 지켜볼 생각을 해야 될 걸.”

“무척 피곤할 거야. 난 아버지가 돌아가시기 전에 일주일쯤 밤새워 간병한 적이 있었는데, 나중에는 멍해지면서 쇠약해진 적이 있지.”

“몸이 조금 피곤한 건 상관없어. 저런 간사한 놈을 저대

로 둔다면, 나라를 망치게 돼. 내가 하늘을 대신해서 벌을
줄 거야.”

“좋아! 언제든지 협력해 주지. 나는 지략은 모자라지만,
이래봬도 싸움에는 일가견이 있다네.”

나와 멧돼지가 열심히 빨강셔츠 퇴치를 위한 계략을 짜
고 있는데, 하숙집 할머니가 나와서 “학생 한 명이 와서는
홋타 선생님을 뵙겠다고 하는데라우, 방금 댁에 갔었는데
안 계셔서 아마 여기 계실 거라고 해서 찾아왔다는데라우”
라고 말하며 문턱 앞에 무릎을 꿇고 기다리고 있었다.

“그렇습니까?”

멧돼지가 현관까지 나갔다. 이내 돌아와서는 “자네, 한
학생이 승전 축제 뒷풀이에 가자는데, 갈텐가? 오늘은 고
치(高知)에서 춤꾼들이 몰려와서 춤을 춘다고 하네. 좀처럼
볼 수 없으니 꼭 구경하라는군. 자네도 함께 가 보세”라고
들떠서 같이 가자고 권한다.

모처럼 멧돼지가 권하는 일이니 흔쾌한 마음으로 문을
나섰다. 멧돼지에게 청하러 온 녀석이 누군가 했더니, 빨강
셔츠의 동생이었다. 저런 알 수 없는 녀석이 데리러 왔구나
하는 생각이 들었다.

연회장에 들어서니 기다란 깃발이 여기저기 꽂혀 있었고, 세계 만국기를 모조리 빌려 온 듯이 줄줄이 걸쳐 놓아서 넓은 하늘이 전에 없이 화려하게 보였다. 동쪽 구석에 벼락치기로 만든 무대가 서 있는데 여기서 고치의 뭔가 하는 춤을 춘다고 한다.

무대 반대편에서는 불꽃이 연방 터지고 있다. 불꽃 사이에서 풍선이 나왔다. "제국 만세"라고 씌어져 있다. 풍선은 천수각(옛날 일본이 축성으로 본성에 높게 지은 마루) 소나무 위를 훨훨 날아서 연병장 한가운데 떨어졌다.

다음은 펑 하는 소리가 나면서 검은 공처럼 생긴 것이 슛 하고 가을 하늘을 꿰뚫을 듯이 올라가더니 그것이 바로 내 머리 위에서 터졌는데, 파란 연기가 우산살처럼 펴져서 하늘로 흘러들었다.

풍선이 또 날아오른다. 이번에는 "육·해군 만세"라는 문장이 붉은 바탕에 흰 글씨로 박혀서 바람에 날려 온천 거리에서 아이오이 마을 쪽으로 날아갔다. 어쩌면 관음님을 모신 경내에라도 떨어졌겠지. 식을 거행할 때는 그렇지 않았는데 이번 연회장에는 많은 사람들이 모여들었다.

그때 마침 평판이 자자한 고치의 춤이 시작되었다. 춤이라고 해서 후지마(藤間: 춤의 일인자)나 그런 사람들이 추는 춤이라고 지레 짐작하고 있었는데 큰 오산이었다. 엄숙하게 머리수건을 뒤로 동이고 가랑이를 졸라맨 하카마를 입은 남자가 10명씩 무대에 세 줄로 섰는데, 그 30명이 모조리 칼집에서 환도를 빼서 들고 있는 것을 보고 깜짝 놀랐다.

앞줄과 뒷줄 간격은 약 45센티 정도 될 것이다. 좌우 간격은 더 좁으면 좁았지 넓지는 않다. 단 한 사람만이 줄을 벗어나 무대 끝에 서 있을 뿐이었다.

무리에서 벗어난 남자는 하카마는 입고 있지만, 머리수건은 두르지 않고 환도 대신에 가슴에 북을 걸고 있다. 북은 다이가쿠라(太神樂: 에도 시대에 추던 사자춤·접시돌리기·곡예 등의 종합예술) 때 사용하던 것과 동일한 것이다.

이 남자가 이윽고 "야아! 하아!" 하는 늘어지는 소리로 이상한 노래를 부르며 북을 "두둥둥, 두둥둥" 하고 두들긴다.

노래는 상당히 늘어지는 가락으로 여름날 물엿처럼 축 늘어지지만, 북소리로 구분을 지어 늘어지는 것 같아도 박자를 맞출 수 있었다.

이 장단에 맞춰서 30명이 든 환도가 햇빛에 번쩍번쩍 빛이 났다. 또한 재빠른 손놀림은 보고만 있어도 오싹오싹해진다. 옆에도 뒤에도 45센티 이내에 사람이 있고, 또한 그 사람도 위험한 환도를 가지고 자기와 같이 휘두르고 있기 때문에 어지간히 장단이 맞지 않으면 패싸움이 일어나 상처를 입게 된다.

그것도 움직이지 않고서 환도만을 앞뒤 또는 상하로 휘두른다면 양호하지만, 30명이 한 번 제자리걸음을 하여 옆으로 향힐 때가 있다. 빙그르르 돌 때노 있고 부톄을 구부릴 때가 있다. 옆 사람이 1초라도 빠르거나 늦는다면 자신의 코가 베일지도 모르고, 옆 사람의 머리가 떨어져 나갈지도 모른다.

환도의 움직임은 자유자재지만, 그 움직이는 범위는 45센티 안에 한정되어 있는 만큼 전후좌우의 사람과 같은 방향, 같은 속도로 휘두르지 않으면 안 된다. 놀랍지 않은가!

이 춤은 상당히 숙련된 기술을 요하며 어지간히 해서는 장단이 맞지 않는다고 한다. 특히 북 장단 맞추기가 어렵다고 한다. 30명의 발동작, 손놀림, 허리를 구부리는 것도 일일이 두둥둥 선생의 장단 하나에 정해진다고 한다.

옆에서 보고 있으면 이 사람이 가장 느긋하게 "야아! 하아!" 하고 태평스럽게 노래를 부르지만, 사실은 상당히 힘든 막중한 임무를 맡고 있다고 하니 아이러니한 생각이 들었다.

제 6 편

난폭한 도련님!

중학교와 사범학교의 싸움

나와 멧돼지는 감탄해 하며 이 춤을 열심히 구경하고 있었는데, 50미터쯤 되는 저쪽에서 갑자기 "와" 하는 함성이 들렸다. 지금까지 질서정연하게 여기저기를 구경하고 있던 무리들이 갑자기 물결이 일듯 좌우로 넘실거리기 시작했다.

"붙었다. 붙었다" 하는 소리가 들리더니 사람들의 사이를 비집고 온 빨강셔츠의 동생이 "선생님, 또 붙었습니다. 중학교 쪽에서 오늘 아침에 당한 보복으로 사범학교 녀석들과 결전을 벌인 모양입니다. 빨리 와 주세요"라고 보고한 후 다시 인파 속으로 파고 들어가 어디론가 사라져 버렸다.

"애물단지 같은 녀석들. 또 시작했단 말인가? 어지간히 해 두면 좋을 텐데."

멧돼지는 보고만 있지 못하므로 진압할 심산일 것이다. 나 또한 달아날 생각은 없다. 멧돼지 바로 뒤를 따라 현장으로 달려갔다. 마침 싸움의 열기가 최고조에 달해 있었다.

사범학교 쪽은 50~60명 정도나 될까? 반면에 중학교는 인원이 세 배나 더 많았다. 사범생들은 제복을 입고 있지만, 중학생들은 식이 끝난 후에 대개가 기모노로 갈아입었기 때문에 적과 아군은 금방 구분이 되었다.

그러나 양편이 뒤엉켜 얽혔다 풀렸다 하면서 싸우고 있어 어디서부터 어떻게 갈라놓아야 할지 알 수가 없었다. 멧돼지는 난감한 듯 한참 이 난잡한 모양새를 보고 있다가 내게 말했다.

"이렇게 되면 하는 수 없네. 경찰이 들이닥치기 전에 달려들어 갈라놓자구."

나는 아무 대꾸도 하지 않고 갑자기 가장 격렬해 보이는 싸움에 뛰어들었다.

"그만둬, 그만둬. 그런 폭력을 휘두르면 학교 체면이 뭐가 되나? 그만두지 못해!"

나는 떼어놓기 위해 목청껏 소리를 질러대며 나아갔지만, 생각대로 잘 되지 않았다.

삼사 미터쯤 들어갔더니, 나오지도 들어가지도 못하는 신세가 되었다. 눈앞에서 상당히 덩치가 큰 사범생과 열 대여섯 정도 먹어 보이는 중학생이 맞붙어 싸우고 있었다.

"그만두라고 하면 그만 해야지."

사범생의 어깨를 잡아 억지로 떼어놓으려는 순간, 누구

인지는 모르지만 밑에서 내 다리를 걸었다. 갑자기 당한 기습이라 잡았던 어깨를 놓고 옆으로 쓰러졌다.

딱딱한 구둣발로 내 등에 올라탄 놈이 있었다. 양손과 무릎을 짚고 벌떡 일어났더니 올라탔던 놈이 오른쪽으로 굴러떨어졌다. 일어나서 보니 50미터쯤 떨어진 곳에 멧돼지가 학생 사이에 끼여 밀리면서 소리를 지르고 있었다.

"그만둬, 그만둬! 싸우지 마라, 싸우지 마."

"이보게, 아무래도 안 되겠어."

내가 소리쳐 보았지만, 듣지 못했는지 아무 반응이 없었다.

갑자기 어디선가 기세 좋게 날아온 돌이 내 광대뼈를 맞히는 순간, 뒤에서는 몽둥이로 등을 후려갈기는 녀석이 있었다.

"명색이 교사면서 싸움판에 나오다니. 때려, 때려" 하는 소리가 들렸다.

"교사는 두 놈이다. 큰 놈하고 작은 놈이다. 돌을 던져라"라는 소리도 들렸다.

"뭐가 어째? 촌놈 주제에 건방진 소리를 하다니!"

나는 갑자기 옆에 있던 사범생의 머리를 갈겨 주었다. 돌이 다시 휭 하고 날아왔다. 이번에는 깎은 지 얼마 되지

않은 머리를 스치고 뒤쪽으로 날아갔다. 멧돼지의 모습은
보이지 않았다.

"싸움을 진압할 요량으로 끼어들었지만, 이렇게 된 이상
할 수 없다. 얻어맞고, 돌 세례를 받는다고 해서 얼간이처
럼 물러설 것 같아? 나를 어떻게 보는 거야. 덩치는 작아도
싸움의 본고장에서 수련을 쌓은 형님이라구."

이렇게 닥치는 대로 후려갈기고 얻어맞고 있는데 조금
후에 "경찰이다. 경찰이다. 달아나자. 달아나자"하는 소리
가 들렸다. 지금까지 갈분떡(칡뿌리를 짓찧어 앙금을 물에 가라앉
혀 말린 가루로 만든 떡으로서 꿀이나 콩가루 등에 묻혀 먹음) 속에서 헤
엄치는 것처럼 움직일 수 없었던 몸이 갑자기 자유롭게
되면서 적군, 아군 할 것 없이 한꺼번에 달아나 버렸다.
촌놈이라도 퇴각에는 일가견이 있구면.

멧돼지의 일이 궁금해서 둘러보니 몬쓰기(紋付: 자기 가문
을 표시하는 일정한 무늬를 등과 소매에 박은 겉옷) 홑겹 옷이 갈기갈
기 찢긴 채 저쪽에서 코를 훔치고 있다. 콧잔등을 얻어맞
고 코피를 상당히 흘린 듯 보였다. 코가 부어올라서 보기
흉한 딸기코가 되어 있었다.

내가 입고 있던 가스리(飛白: 물감이 살짝 스친 것 같은 흐린 무늬
의 옷감)로 된 겹옷은 진흙투성이가 되었지만, 멧돼지보다는

상태가 양호한 편이었다. 하지만 뺨이 쓰라려서 견딜 수가
없었다.

"피가 심하게 나는걸."

멧돼지가 일러 주었다.

경찰 15명 정도가 출동했는데, 학생들은 반대편으로 퇴
각했기 때문에 잡힌 사람은 나와 멧돼지뿐이었다. 이름을
밝히고 자초지종을 얘기했지만, 일단 경찰서까지 동행할
것을 요구하기에 가서 서장 앞에서 사건의 전말을 진술하
고는 하숙집으로 돌아왔다.

신문기사

다음날, 잠에서 깨어 보니 온몸이 욱신거려 견
딜 수가 없었다. 모처럼 해본 싸움이라 그런지
벅차다는 생각이 들었다. 이래서야 그다지 자랑할 게 못 된
다. 이불 속에서 생각에 잠겨 있는데 할머니가 시코쿠 신문
을 가지고 와서 머리맡에 놓아 주었다.

사실은 신문 볼 기력조차 없었지만, 엎드린 채 신문 이면을 펼쳐보고서는 깜짝 놀랐다. 어제 일어난 패싸움이 그대로 실려 있었다. 싸움 기사가 실린 건 놀랄 일이 아니지만, 중학교의 교사로 재직 중인 홋타(堀田) 모 씨와 최근 도쿄에서 부임한 햇병아리 모 씨가 선량한 학생들을 사수해서 이 소동을 일으켰을 뿐만 아니라, 두 사람은 현장에서 학생들을 지휘한 데다 함부로 사범생에게 폭력을 행사하였다는 기사가 실려 있었고, 바로 뒤이어 이런 내용을 덧붙여 놓았다.

본 현의 중학교는 옛날부터 선량 온순한 기풍의 학교로 모든 학교의 선망을 얻고 있는데 천박하고 어리석은 두 사람 때문에 우리 학교의 특권을 훼손당하여 전국적으로 불명예의 오욕을 남긴 이상 분연히 일어나 그 책임을 묻지 않을 수 없다. 우리들은 믿는다. 우리가 손을 대기 전에 당국은 응분의 처분을 하여 이 무뢰한들이 두 번 다시 교육계에 발을 들여놓지 못하도록 하리라고.

그리고 글자마다 모두 방점을 찍어서 일부러 강조하고 있었다.

204

나는 이부자리 속에서 "똥이나 먹어라"고 욕을 내뱉으며 벌떡 일어났다. 이상한 것은 방금 전까지 마디마디가 몹시 쑤시던 것이 이제는 씻은 듯이 사라지고 가뿐해졌다.

나는 신문을 둘둘 말아서 마당에 던졌는데도 분이 풀리지 않아 일부러 화장실에 가지고 가서 버리고 왔다.

신문은 터무니없는 거짓말을 하고 있다. 세상에서 신문처럼 허풍을 떠는 것도 없을 것이다. 내가 하고 싶은 말들을 오히려 저쪽에서 하다니 기가 찰 노릇이다. 게다가 최근에 도쿄에서 부임한 건방진 모 씨라니? 천하에 모라고 하는 인명이 어디에 있단 말인가. 생각해보라구. 이래봬도 어엿한 성도 있고 이름도 있다. 족보를 보고 싶다면 '다다노 만수' 이래의 조상을 모조리 뵙게 해 주마.

세수를 하고 나니 뺨따귀가 갑자기 욱신거렸다. 거울에 얼굴을 비춰 보니 어제의 상처가 그대로 남아 있었다. 이래봬도 소중한 나의 얼굴이다. 얼굴에 상처까지 입고, 건방진 모 씨라고 불리기까지 하다니 더 이상 이런 모욕을 참을 수 없다. 오늘 신문기사 때문에 학교를 쉬었다는 소리를 듣는다면 일생의 불명예다. 그래서 나는 아침을 일찍 먹고 일등으로 출근했다. 나오는 녀석들마다 나를 보고 웃는다.

"뭐가 이상해! 네놈들이 만들어 준 얼굴도 아닌데."

그러고 있는데 알랑쇠가 출근했다.

"이야! 어제는 공을 세우시더니, 명예로운 부상을 입으셨군요!"

알랑쇠는 송별회에서 얻어맞은 보복을 하는 건지 돼먹지 못하게 빈정거렸다.

쓸데없는 잔소리 그만하고 붓이나 핥고 있으라고 했다.

"이거 죄송하게 되었습니다. 그렇지만 상당히 아프시겠어요."

알랑쇠가 또 말했다.

"아프든 말든 내 얼굴이니 네놈이 걱정할 바 아니라구."

꽥 소리를 질렀더니 저쪽 자기 자리로 가 내 얼굴을 보며 옆자리의 역사 선생과 무언가 귓속말을 속삭였다.

그런 후에 멧돼지가 출근했다. 멧돼지의 코를 보니 보라색으로 퉁퉁 부어서 짜면 고름이 나올 듯했다. 자만심 탓이었는지 내 얼굴보다 훨씬 더 상처를 입었다. 나와 멧돼지는 책상이 붙어 있어서 나란히 앉아 있을 뿐만 아니라 운 나쁘게도 그 책상이 출입문과 정면으로 놓여 있었다.

이상한 얼굴 둘이 한데 모여 있었다. 다른 놈들은 심심하면 꼭 이쪽을 쳐다보았다.

"뜻밖의 봉변을 당하셔서"라고 말은 그렇게 하지만, 속으로는 바보 같은 놈이라고 생각할 것이 분명하다. 그렇지 않고서야 저렇게 소곤거리고 킥킥 웃을 까닭이 없다.

교실에 들어가니 학생들이 박수로 환영을 했다. "선생님 만세!" 하는 놈들이 한두 명 있었다. 인기가 좋은 것인지, 놀림을 당하는 것인지 알 수가 없다. 나와 멧돼지가 이렇듯 주위의 이목을 끌고 있는 와중에 빨강셔츠만은 평상시와 다름없이 옆에 와서 절반 사죄하는 투의 말을 늘어놓았다.

"참 뜻밖의 횡액이었습니다. 저는 선생님들의 일을 유감스럽게 생각합니다. 신문기사는 교장과 상의해서 정정 보도를 위한 절차를 해 두었으므로 안심하셔도 됩니다. 제 동생의 권유도 이런 봉변을 당하셨으니, 저로서는 참 면목이 서지 않습니다. 따라서 이번 사건에 대해서는 끝까지 힘껏 도와드리겠으니 아무쪼록 양해해 주시기 바랍니다."

교장은 셋째 시간에 교무실에 와서는 다소 걱정하는 눈치를 보였다.

"신문에 난처한 기사가 실렸더군요. 사건이 어려워지지 않으면 좋으련만."

나는 걱정 따위는 하지도 않는다. 면직을 시킨다면, 그 전에 먼저 사표를 제출할 것이다. 그러나 내게 잘못이 없는데 내 쪽에서 먼저 물러서는 것은 허풍쟁이 신문사를 더욱더 버릇없게 만드는 꼴이 되므로 기사를 정정하게 만들어서 억지로라도 근무하는 것이 온당하다고 생각했다. 하교 길에 신문사에 담판을 지으러 갈까 하는 생각도 했지만, 학교 측에서 이미 정정 보도 수속을 밟았다고 해서 그만두었다.

나와 멧돼지는 교장과 교감에게 적당히 비는 시간을 틈타서 사실에 입각하여 사건을 설명했다.

"그럴 거야. 신문사가 학교에 감정을 품고 그런 기사를 일부러 실었을 게야."

교장과 교감은 판단을 내렸다.

멧돼지, 사직하다

집으로 돌아가는 길에 멧돼지는 아무래도 빨강 셔츠가 수상하니까 조심하지 않으면 당할 거라고 주의를 주었다.

"원래가 수상한 놈이었다니까. 어제 오늘 일이 아니지 않은가? 자네, 아직 눈치 채지 못했나? 어제 일부러 우리들을 불러내서 싸움판에 몰아넣은 것은 그자의 계략이라니까."

그렇구나, 거기까지는 생각이 미치지 못했구나. 멧돼지는 거친 듯이 보이지만 나보다 지혜가 있는 사나이였다.

"그렇게 싸움을 붙여놓고서는 바로 신문사에 손을 써서 그런 기사를 쓰도록 조장한 것이었구나. 정말 간사한 녀석이야."

"신문기사도 빨강셔츠의 작품이란 말인가? 그건 정말 뜻밖이군. 그러나 신문사가 빨강셔츠의 말을 곧이곧대로 쉽게 믿을까?"

"믿고 말고. 신문사에 친구가 있다면 문제없지."

"친구가 있는가?"

"없어도 문제될 건 없지. 거짓말을 해서 사실 이러저러하다고 얘기하면, 금방 실릴 수 있지."

"지독한데. 빨강셔츠의 계략이 확실하다면, 우리들은 이번 일로 면직당할지도 모르겠군."

"잘못하면 당할지도 모르지."

"그렇다면 나는 내일 사표를 내고 바로 도쿄로 돌아가야지. 이런 돼먹지 못한 곳에서는 붙잡아도 있지 않을 거야."

"자네가 사표를 낸다고 해도 빨강셔츠는 눈 하나 깜짝 안 할 걸세."

"그것도 그렇군. 어떻게 하면 빨강셔츠를 곤란하게 할 수 있지?"

"저런 간사한 놈은 아무런 증거도 남기지 않고 일을 처리해서 대적하기가 어려워."

"골치 아프군. 그렇다면 누명을 쓰게 되겠네. 운이 없군. 주어진 운명에 따라야 할지 어떨지 기로에 놓였군."

"우선 이삼 일 더 동정을 살펴보세. 그래서 일이 나빠지면 온천 거리에서 잡아 족치는 수밖에 없지."

"싸움 사건은 싸움 사건으로써?"

"그렇지. 이쪽은 이쪽대로 저쪽의 급소를 찌르는 거지."

"그게 좋겠군. 나는 책략에는 서투르니 자네에게 다 맡기네. 만일의 경우 무슨 일이라도 하겠네."

나와 멧돼지는 이쯤에서 헤어졌다. 멧돼지의 추측대로 과연 빨강셔츠가 꾸민 짓이라면 정말 지독한 놈이다. 도저히 지략으로는 이길 수가 없다. 아무래도 완력이 아니고는 안 되겠다. 과연 세상에 전쟁이 끊이지 않을 법도 하구나. 개인끼리도 결국에는 폭력이고 보면 말이다.

이튿날 신문이 오기를 기다렸다가 펴 보니, 정정은 고사하고 취소 기사도 보이지 않는다. 학교에 가서 너구리에게 재촉했더니 내일 정도라야 나올 것이라고 말한다.

다음 날이 되자 육호활자(가장 작은 활자)로 조그맣게 취소 기사가 실렸다. 그러나 신문사 측에서는 정정 기사를 실지 않았다.

다시 교장에게 항의를 하니 더 이상은 손을 쓸 방도가 없다는 식으로 대답을 했다. 그렇다면 내가 혼자 가서 담당 기자에게 항의를 하겠다고 펄쩍펄쩍 뛰었다.

"그것은 안 되네. 자네가 항의를 한다련, 또 험담만 실릴 뿐이네. 다시 말하면 신문사에서 낸 기사가 허위이건 사실이건, 결국 어쩔 도리가 없다네. 포기하는 수밖에 도리가 없지."

교장은 중이 설교하듯 나에게 타일렀다. 신문이 그런 거라면 하루속히 없애 버리는 편이 우리에게 이로울 것이다.

그 후 사흘쯤 지난 어느 날 오후, 멧돼지가 분연히 찾아왔다.

"드디어 때가 왔어. 나는 전번 세운 계획을 단행할 예정이라네."

"그래, 그렇다면 나도 동참하겠네."

나는 즉석에서 합세하겠다고 했다. 그런데 멧돼지가 고개를 저으며 말했다.

"자넨, 그만두는 게 좋을 게야."

"왜?

"교장이 자네에게 사표를 내라고 하던가?"

"아니, 자네는?"

내가 되받아 묻자 멧돼지는 오늘 교장이 안타깝지만 그만 물러나 달라고 했다는 것이었다.

"자네와 나는 함께 승전 기념회에 참석하여, 함께 고치의 번쩍번쩍 환도춤도 보고, 함께 싸움을 말리러 가지 않았나? 사표를 내라고 하면, 공평하게 양쪽에 다 내라고 해야지. 어째서 시골학교는 그러한 이치를 모른단 말인가? 속이 터져서."

"그게 빨강셔츠의 사주 때문이라네. 나와 빨강셔츠와는 지금까지의 일로 봐서는 도저히 함께할 수 없는 사이지만, 자네 쪽은 지금처럼 두어도 아무런 해가 되지 않는다는 결론을 내린 모양이지."

"나라고 빨강셔츠와 잘 지낼 줄 알고? 방해가 되지 않는다고 생각하다니, 건방진 놈."

"자네는 지나치게 단순해서 그냥 두어도 아무렇게나 속

여먹을 수 있다고 생각한 게지."

"오히려 더 나쁘군. 누가 순순히 따라 주기나 한대?"

"그런데다가 요전번에 고가가 떠난 다음 후임자가 사고 때문에 아직 도착하지 못했거든. 그런 상태에서 자네와 나를 한꺼번에 쫓아내면 수업에 지장이 생기기 때문이지."

"그렇다면 나를 임시방편으로 이용할 심산이군. 망할 자식. 누가 속아 넘어갈 것 같아?"

이튿날 나는 학교에 가서 담판을 짓기 위해 교장실을 찾아갔다.

"왜 저에게는 사표를 내라고 안 하십니까?"

"헤에!"

너구리는 어처구니없다는 표정을 지었다.

"홋타 씨에게는 내라고 하면서 내게는 내지 않아도 좋다니, 그런 법이 어디 있습니까?"

"그것은 학교 측의 사정으로……."

"그 사정이 틀렸단 말입니다. 내가 내지 않아도 된다면, 홋타 역시 낼 필요가 없지 않습니까?"

"그 부분은 설명할 수 없지만, 홋타 군은 부득이한 사정으로 떠나게 되었네. 자네가 사표를 내야 할 필요를 느끼지 않네."

역시 너구리 같은 멍청한 소리만 늘어놓고 게다가 이만 저만 침착한 게 아니다.

"그렇다면 저도 사표를 내겠습니다. 홋타 군 혼자만 사직하게 만들고, 제가 발 뻗고 지낼 수 있을 거라 생각하시는지 모르겠습니다만, 저는 그런 몰인정한 짓은 할 수 없습니다."

나는 할 수 없어서 한마디 했다.

"그건 곤란한데…… 홋타 군도 떠나고 자네도 떠난다면, 수업에 문제가 생기기 때문에……."

"할 수 없다고 해도 제가 알 바 아닙니다."

"자네 그런 고집은 부리면 안 되네. 조금은 학교 사정도 생각해 주어야지. 그리고 자네가 온 지 한 달이 될까 말까 하는데 사직했다고 하면, 자네의 장래 이력에도 오점을 남기게 되니, 그 부분은 어느 정도 생각해 보는 게 좋지 않겠나."

"이력 따윈 아무래도 좋습니다. 이력보다 의리가 소중합니다."

"그건 옳은 말이지. 자네가 하는 말은 모두 옳지만, 내 처지도 조금은 헤아려 주게나. 자네가 꼭 사직하겠다면 사직해도 좋지만, 후임자가 올 때까지 어떻게 좀 봐줄 수 없는가? 우선 집에 가서 다시 한번 생각해 보게나.”

생각을 고쳐먹으라니? 고칠 수 없는 명명백백한 이유가 있지만, 퍼레졌다 뻘게졌다 하는 너구리가 불쌍한 생각이 들어서 일단 다시 생각하기로 하고 물러났다. 빨강셔츠에게는 입도 뻥긋 하지 않았다. 어차피 골탕 먹일 거라면 한데 모아서 실컷 골탕 먹이는 게 좋다고 생각했다.

멧돼지에게 너구리를 찾아가 항의한 얘기를 했다.

“그럴 거라고 짐작했지. 사표 건은 만일의 경우까지 교장의 말에 따르는 편이 좋을 걸세.”

나는 멧돼지의 말대로 했다. 아무래도 멧돼지 쪽이 나보다는 영리한 것 같아서 전적으로 멧돼지의 충고에 따르기로 했다.

빨강셔츠 혼내 주다

멧돼지는 마침내 사표를 제출하고, 교직원 전원에게 고별인사를 한 후 선창가의 미나토야까

216

지 내려갔다. 그리고 아무도 모르게 온천 거리로 가서는 마스야 여관 정면 이층에 숨어서 장지에 구멍을 뚫고 내다보기 시작했다.

이 사실을 아는 사람은 나뿐일 것이다. 빨강셔츠가 숨어 들어 온다면, 필경 밤에 움직일 것이다. 그것도 초저녁에는 학생이나 다른 사람 눈이 있으니 적어도 9시 이후가 될 것이다.

처음 이틀 밤은 나도 11시경까지 망을 보았으나 빨강셔츠 그림자도 보이지 않았다. 사흘째는 9시부터 10시 30분까지 지켜보고 있었지만, 역시 마찬가지었나. 헛물켜고 밤중에 하숙집으로 돌아가는 것처럼 시시한 게 없었다.

그러기를 4~5일, 하숙집 할머니가 약간 걱정스러운 듯 충고를 했다.

"부인도 계시면서 밤 외출은 삼가시는 게 좋지라우."

그런 밤 외출과는 차원이 다른 것이다. 바로 하늘을 대신해서 천벌을 내릴 밤 외출이다. 그렇긴 하지만 일주일이 지나도 소득이 없으면 무심해질 수밖에 없을 것이다. 나는 성급한 성미여서 열중을 하면 밤을 새워서라도 일을 하지만, 그 대신 무슨 일이든 진득하게 해본 적이 없다.

여섯째 날에 약간 싫증이 났고, 이레째는 그만 쉬고 싶었다. 그곳에 가서 보면 멧돼지는 끄떡도 하지 않았다. 초저녁서부터 12시가 지날 때까지는 눈을 장지에다 대고서 가도야에 매달려 있는 둥근 가스등이 비추는 출입문을 뚫어지게 노려볼 뿐이었다. 놀라운 일은 내가 가면 오늘은 손님이 몇 명이었고, 묵는 객이 몇 명, 여자가 몇 명 들었다고 하는 통계까지 알려 주는 것이었다.

아무래도 오지 않는 것 아니냐고 물으면 "응, 틀림없이 오긴 올 텐데……" 하면서 가끔 팔짱을 끼고 한숨을 내쉰다. 만약 빨강셔츠가 이곳에 한 번도 나타나지 않는다면, 그래서는 안 되지만 멧돼지는 일생에 천벌을 내릴 기회를 놓치는 것이다.

8일째 되는 날, 나는 저녁 7시쯤 하숙집을 나와서 먼저 천천히 온천을 즐긴 후에 거리에서 계란을 8개 샀다. 이건 하숙집 할머니가 차려 주시는 고구마 공세에 대비해서 준비한 방책이다. 계란을 4개씩 양쪽 소매 넣고, 늘 그렇듯 빨강 수건을 어깨에 걸친 채 팔짱을 끼고서 마스야의 층계를 올라가 멧돼지가 묵고 있는 방 장지문을 열었다.

"이보게, 드디어 희망이 보이네."

이렇게 말하는 멧돼지의 위태천(불법의 수호신. 발이 매우 빠르다고 함)과 같은 완강한 얼굴에는 갑자기 희색이 돌았다. 엊

저녁까지는 좀 우울해 보여서 곁에서 보고 있는 나까지 음울한 기분이 들 정도였는데, 이 안색을 보니 나까지 갑자기 기분이 좋아져서 뭔지도 모르면서 "좋았어, 좋았어"라고 소리쳤다.

"아까 7시 반 정도에 그 고스즈(小鈴)라고 하는 기녀가 가도야에 들어갔어."

"빨강셔츠도 함께 말인가?"

"아닐세."

"그러면 안 되지."

"기생은 두 명이었는데…… 아무래도 뭔가 냄새기 나."

"어째서?"

"어째서라니? 그런 교활한 녀석은 기생을 먼저 들여보내고, 나중에 숨어서 올는지도 모르지."

"그럴지도 몰라. 거의 9시쯤 되었지?"

"9시 30분이 다 되었네."

멧돼지는 허리띠 사이에서 니켈로 만든 회중시계를 꺼내 보면서 말하더니 갑자기 소리를 질렀다.

"이보게, 램프를 끄자구. 창문에 머리 두 개가 비춰지면 이상하거든. 여우는 의심을 잘 하는 법이니까."

나는 옻칠한 책상 위에 놓여 있던 탁상램프를 불어서 껐다. 별빛이 비치는 창문만이 약간 환할 뿐, 달은 아직 보이지 않았다. 나와 멧돼지는 창문에 얼굴을 갖다대고서 숨을 죽이고 열심히 지켜보고 있었다. 땡 하고 9시 30분을 알리는 괘종이 울렸다.

"이것 봐. 오긴 올까? 오늘 밤 나타나지 않으면 나는 이것으로 관두겠네."

"나는 여관비 떨어질 때까지 한다."

"돈은 얼마나 있나?"

"오늘까지 여드레치 5엔 60전을 지불했지. 어느 때 뛰어나가도 지장이 없도록 저녁마다 돈을 주고 있네."

"그거 준비성 있어서 좋군. 여관에서 이상하게 생각지 않을까?"

"여관은 아무래도 상관없지만, 마음을 놓을 수가 없어서 힘들다네."

"그 대신 낮잠은 자 두겠지?"

"낮잠은 자지만, 외출을 할 수가 없어서, 갑갑해서 죽겠어."

"천벌 주는 것도 힘들어. 이러다가 하늘의 법망이 성겨져서 빠져나가 버리거나 하면 싱겁기 짝이 없겠지."

"무슨 소리, 오늘밤에는 꼭 나타날 걸세. 이봐! 저길 봐!

어서."

나는 갑자기 가슴이 철렁했다. 검은 모자를 쓴 남자가 여관집 가스등만 쳐다보고는 다시 어두운 길 쪽으로 사라졌다. 잘못 짚었다. 허탈감이 몰려왔다. 바로 그때 계산대의 시계가 사정없이 10시를 알리는 종을 울렸다. 오늘밤도 끝내는 틀린 모양이다.

세상이 쥐 죽은 듯 조용해졌다. 유흥가에서 울리는 북소리가 손에 잡힐 듯이 가깝게 들린다. 달이 온천 거리 산 너머에서 불쑥 얼굴을 내민다. 거리가 환해졌다. 그러고 있는데 아래쪽에서 사람 소리가 들리기 시작했나.

창문에 얼굴을 내밀 수 없어 소리의 정체를 확인할 수 없었지만, 점점 소리의 정체가 가까워지는 듯했다. 딸각딸각거리는 나막신 소리가 들렸다. 소리 나는 쪽을 보니, 두 사람의 그림자가 보일 정도로 가까이 와 있었다.

"방해꾼을 쫓아 버려서 이제 안심이군요."

이 소리는 틀림없이 알랑쇠의 말소리다.

"억세기만 할 뿐 머리를 쓸 줄 모르니 어쩔 수 없지."

이 소리의 주인공은 빨강셔츠다.

"그 애송이 녀석도, 등신 그 자식과 닮았어요. 그 등신 같은 애송이는 의협심 있는 도련님이라 귀염성은 있더라구요."

"승급이 싫다는 둥 사표를 제출하고 싶다는 둥 그건 암만 봐도 정신 이상임에 틀림없어."

나는 창문을 열고서 이층 창문에서 뛰어내려 흠씬 두들겨 줄까 생각도 했지만 겨우 참았다.

두 작자는 웃으면서 가스등 아래를 지나서 여관 안으로 들어갔다.

"이봐."

"이봐."

"왔어."

"드디어 왔군."

"이제야 안심이 되는군."

"개 같은 알랑쇠 녀석, 나를 의협심 있는 도련님이라고 지껄였겠다."

"훼방꾼이라면 내 얘기가 아닌가. 무례하기 짝이 없군."

나와 멧돼지는 두 놈의 귀가길에 잠복하여 기다렸다가 공격하는 수밖에 없었다. 그러나 두 놈이 언제 여관을 나올 것인지 가늠할 수가 없다. 멧돼지는 아래 카운터에 가서 오늘밤에 어쩌면 볼일이 생겨서 나가게 될지도 모르겠다고 미리 말을 해 놓고 왔다. 지금 생각해 보면, 여관집에서 용

케 승낙을 한 것이다. 도둑으로 오해받을 수도 있었는데 말이다.

빨강셔츠가 오기만을 기다리던 순간은 괴로운 시간이었지만, 나오는 것을 기다리고 있기란 더 힘들었다. 잘 수도 없고, 시종 창문 틈으로 내다보고 있는 것도 힘들고, 이래저래 마음이 들떠서 정말 괴로웠다.

차라리 여관을 기습하여 현장을 덮치자고 했지만, 멧돼지는 일언지하에 내 제안을 물리쳤다.

"우리들이 이런 시간에 뛰어들어 봤자 불량배로 몰려 제대로 목적달성도 못하고 제지당할 걸세. 사정을 말하고 면회를 청한다면, 없다고 회피하거나 다른 방으로 안내를 할 수도 있지. 느닷없이 뛰어들어 덮친다고 하더라도 수십 개의 방들 중에서 어디에 있는지 알 수가 없지 않나? 답답해도 나오기를 기다리는 수밖에 달리 방도가 없다네."

그리하여 가까스로 새벽 5시까지 참았다.

여관에서 나오는 두 사람의 그림자를 보자마자 나와 멧돼지는 바로 뒤를 밟았다. 첫 기차는 아직 멀었기 때문에 두 녀석 모두 성 아래까지 걸어가야만 했다.

온천 거리를 벗어나면 100미터쯤 떨어진 곳에 전나무가 두 줄로 늘어서 있고, 좌우에는 논이 펼쳐져 있었다. 그곳을 지나면 여기저기 초가집이 있고, 밭 한가운데에서 곧장 가자면 성 아래까지 통하는 둑에 이르게 된다. 시가지만 벗어나면, 어디서 따라붙어도 상관은 없지만 될 수 있는 한, 인가가 없는 전나무 가로수에서 붙잡으려고 숨바꼭질 하듯 뒤따라갔다.

거리를 벗어나자 갑자기 달리는 자세로 질풍같이 뒤에서 따라붙었다. 무언가 싶어 놀라서 돌아보는 놈의 어깨를 잡으며 꼼짝 말라고 했다. 알랑쇠는 당황한 듯 달아나려고 했으나 내가 앞길을 막아섰다.

"교감의 직책을 맡고 있는 자가 어째서 여관방에서 나오는 거지?"

멧돼지는 바로 힐책을 가했다.

"교감은 여관에 묵으면 안 된다는 규칙이라도 있습니까?"

빨강셔츠는 여전히 공손한 말투였다. 하지만 안색은 약간 창백해 보인다.

"단속에 걸린다고 국수가게와 경단가게마저 출입을 금할 정도로 조심성 많고 정직하신 분이 어째서 기생과 함께 여관에 묵으시는가!"

알랑쇠는 달아날 기회만 엿보고 있어서 나는 앞을 가로

막고 있었다.

"등신 같은 도련님이라니!"

나는 소리를 쳤다.

"아니, 당신을 두고 말한 게 아니었습니다. 정말 아닙니다."

뻔뻔스럽게 변명 같은 소리를 늘어놓는다. 바로 그때 알았지만, 나는 내 소맷자락을 쥐고 있었다. 뒤쫓아 올 때 소매 속의 계란이 털렁털렁 하는 바람에 양손으로 잡고 온 것이다. 나는 갑자기 소매 속에 손을 넣어 계란 두 개를 꺼내어 알랑쇠의 면상에 "얏" 하는 기합소리와 함께 냅다 던졌다.

계란이 철썩 하고 깨지면서 알랑쇠의 콧등에서부터 노란자가 줄줄 아래로 흘러내리기 시작했다. 알랑쇠는 어지간히 놀랐는지 뒤로 털썩 엉덩방아를 찧으며 살려달라고 애원을 했다.

나는 계란을 먹으려고 샀지, 던져서 발라 주려고 소매 속에 넣어 온 것은 아니었다. 단지 홧김에 나도 모르게 그만 던져 버린 것이었다. 그러나 어릿광대가 엉덩방아를 찧는 것을 보고는 비로소 내가 이긴 것을 알았다.

마구 욕을 해대면서 남은 6개를 던져 댔더니, 알랑쇠의 얼굴은 온통 샛노랗게 되었다. 알랑쇠가 계란 세례를 받는 동안에 멧돼지와 빨강셔츠는 아직 담판중이었다.

"기생과 함께 내가 여관에 묵은 증거라도 있습니까?"

"닥쳐!"

멧돼지는 주먹으로 한 대 먹였다. 빨강셔츠는 비틀비틀하는 몸을 가누며 한마디 했다.

"이런 난폭한 짓을 하다니, 이건 폭행이라구! 시비를 가리지 않고, 완력을 사용하려 들다니 몰상식한 행위지 않는가?"

"맞아야 돼!"

멧돼지는 이렇게 말하며 한 대 더 먹였다.

"너 같은 치사한 인간은 비 오는 날 먼지 나게 두들겨 맞아야 정신을 차리지."

레프트, 라이트, 훅을 먹여 주었다. 나도 같이 알랑쇠를 흠씬 두들겨 주었다. 나중에는 두 놈 다 전나무 밑둥에 웅크리고 앉아서 꿈쩍 하지 않았다. 몸을 가눌 수가 없는 것인지, 어찔어찔 해서인지 달아나려고조차 않았다.

"이제 충분한가? 모자라면 더 갈겨 주지."

둘이서 두들겨 주었다. 빨강셔츠는 그만하라고 애원을 했다.

“네 녀석도 충분하냐?”

알랑쇠에게 물었더니, 물론 충분하다고 대답했다.

“네 녀석들은 간사한 놈들이어서 이렇게 천벌을 받는 것이다. 이번에 명심하고 앞으로 조심하는 게 좋을걸. 아무리 교묘한 말솜씨로 변명한다 하더라도 정의는 용서하지 않는다.”

두 놈은 멧돼지가 하는 말을 잠자코 듣고 있었다. 어쩌면 입을 열기조차 힘들었을지도 모른다.

“나는 도망가지도 숨지도 않을 것이다. 오늘 저녁 5시까지는 선창가 미나토야에 있을 것이다. 볼일이 있으면 순경이든 누구든 보내라.”

이렇게 멧돼지가 말하기에 얼떨결에 나도 한마디 했다.

“나 역시 숨거나 도망가지 않는다. 홋타 씨와 같은 장소에 있을 테니 경찰에 신고하고 싶으면 마음대로 해라.”

말을 마치고 둘이서 터벅터벅 걷기 시작했다.

귀경

내가 하숙집으로 돌아온 것은 오전 7시가 조금 못 되어서였다. 방에 들어가서 곧 짐을 꾸리기 시작하자 할머니가 놀란 듯 물었다.

"무슨 일이란가요?"

"할머니, 도쿄에 가서 마누라를 데려올 거예요."

그렇게 대답하고선 하숙비를 치른 후 바로 기차를 타고 선창가에 와서 미니토야에 당도하니 멧돼지는 이층에서 자고 있었다. 나는 바로 사표를 쓰려고 생각했지만, 어떻게 써야 할지 몰라서 다음과 같이 적어 교장 앞으로 우송하였다.

사정에 의하여 사직하고 도쿄로 돌아가고자 하오니 허락하여 주시기를 바랍니다.

증기선은 저녁 6시, 출항 예정이었다. 피곤했던 나와 멧돼지는 늘어지게 자고 눈을 떴다. 시계를 보니 오후 2시였다. 하녀에게 물어보니 순경은 오지 않았다고 한다.

"빨강셔츠도 알랑쇠도 신고하지 않았어."

둘이서 한바탕 크게 웃었다.

그날 밤, 나와 멧돼지는 이 구정물 같은 고장을 떠났다. 배가 선창가에서 멀어지면 멀어질수록 마음이 가벼워졌다.

고베(神戶)에서 도쿄까지는 직행으로 왔다. 신바시(新橋)에 도착했을 때야 비로소 세상으로 나온 듯한 기분이 들었다. 멧돼지와는 바로 헤어졌는데, 그러고는 지금까지 만난 적이 없다.

그러고 보니 기요 얘기를 잊고 있었다. 나는 도쿄에 도착하자마자 가방을 든 채 바로 기요에게 달려갔다.

"아니 도련님 아니세요? 잘 오셨어요. 빨리 돌아와 주셨군요."

기요는 눈물을 뚝뚝 흘렸다. 나도 기요를 보니 너무나 기뻐서 "이제 시골에는 가지 않겠어. 도쿄에서 기요와 함께 살 테야"라고 말했다.

그 후 어떤 사람의 주선으로 도쿄시 철도회사의 기수로 취직이 되었다. 월급은 25엔이고, 집세는 6엔이었다. 기요는 현관 딸린 집은 아니었지만, 더없이 만족해 하는 모습이었는데…… 가엾게도 금년 2월, 폐렴으로 죽고 말았다. 죽기 전날, 기요는 나를 불러 말했다.

"도련님, 소원인데요. 기요가 죽거든 도련님네 절에 묻어 주세요. 무덤 속에서 도련님 오시기를 낙으로 삼고 기다리고 있겠어요."

그래서 지금 기요는 고히나타(小日向)에 있는 양원사(養源寺)에 잠들어 있다.

미켈란젤로의 작품은 모두 훌륭하지만, 그중에서도 '다윗상'은 세계인의 사랑을 받는 걸작품입니다. 헨델의 음악도 모두 놀랍지만 '메시아'는 걸작 중의 걸작입니다.

나쓰메 소세키. 그의 보석 같은 작품들 속에서 유난히 빛을 발하고 있는 걸작이 바로 『봇짱(坊っちゃん : 도련님)』입니다.

일본에서는 귀여운 남자아이를 부를 때 보야라고 부릅니다. '예쁘다', '귀엽다'는 뜻이 내포되어 있는 것으로 우리나라에서 '아가야', '누나야' 할 때의 '야'의 쓰임과 같습니다. 어린아이와 절에 있는 보즈(坊主 : 동자승)의 박박 깎은 머리 모양이 비슷해서인지 '보야'가 '보우즈'에서 나왔다고 하는 설이 있지만, 우리나라에서 접미어로 사용되고 있는 '—보'에서 유래했을 가능성이 높다고 보고 있습니다. '봇짱'에서의 '짱'은 친근감을 주는 애칭이고 '봇짱'은 도련님이란 뜻입니다.

이 작품은 나쓰메 소세키가 1890(명치 23)년 동경제국대학(동경대) 영문과를 졸업하고 1895년부터 1년 동안 시코쿠의 마쓰야마 중학교의 영어 교사로 재식했던 경험을 살려서 10년 후에 발표한 작품입니다.

다양한 개성의 인물들을 설정해 놓고서 작가는 삶과 시대를 얘기하고 있습니다.

수학 교사인 주인공 '도련님', '너구리 교장 선생님', '빨강셔츠 교감 선생님', 영어 교사인 '끝물 선생', 미술 교사 '알랑쇠', 사나이다운 수학 주임 '멧돼지' 등의 활약상이 그려져 있습니다.

물론 이 캐릭터들의 근원지는 작가의 상상력에서 탄생하여 다분히 주관적이지만, 개인의 좁은 체험과 인생 묘사에 안주하지 않고 깊은 사상과 사회 비판을 수반하고 있습니다. 작가는 자신의 입장에서 본 좋은 선생님과 나쁜 선생님을 그리고 있는데, 여기서 작가는 교육자로서 적임자인 너구리와 빨강셔츠보다는 부적합한 멧돼지나 주인공을 사랑한다고 밝히고 있습니다.

소설은, 천성적으로 타고난 덤벙꾼 기질 때문에 실패를 거듭하며 살아 왔다고 하는 주인공의 고백으로 독자들을 초대하고 있습니다.

이루 말할 수 없는 장난꾸러기에다 엉뚱한 구석이 많은 주인공은 걸핏하면 사고를 쳐서 식구들의 구박을 밥 먹듯이 받고 자라지만, 식모인 기요 할멈만은 도련님만을 애지중지하며 "도련님은 솔직하고 뱃심좋은 기질을 가지셨어요"라고 말하면서 귀여워해 주었습니다.

늘 도련님만을 위하는 기요 할멈의 모성애적 행위에서

작가 어머니의 모습을 발견할 수 있습니다. 실제로 나쓰메 소세키는 어린 시절, 자기를 엄하게만 대하셨던 아버지가 계셨지만, 그것을 늘 감싸 주시는 어머니가 계신 것이 그의 마음을 포근하게 했다고 합니다.

그리고 기요를 메이지유신 이후에 몰락한 명문가의 딸로 설정하고 있는데, 나누시 계급이었던 작가의 집안이 메이지유신의 영향으로 몰락한 사실과 무관하다고는 볼 수 없습니다.

주인공과 의기투합했던 의리의 사나이, 멧돼지가 '아이즈 출신'으로 소개되고 있습니다. 아이즈는 도쿠가와 가문을 위해 목숨을 바친, '백호 부대'로 유명한 영지라고 합니다. 일본에서는 '아이즈 출신'이라고 하면 기골 있는 인물로 통한다고 합니다.

한 가지 더 말씀드리자면, 담백한 주인공 도련님과 아첨

꾼인 알랑쇠가 동일하게 동경 출신입니다. 같은 출신이지만 담백하고 솔직한 도련님과 같은 사람이 있는 반면에 비열하고 경박한 알랑쇠와 같은 인간이 있다는 사실을 통해서 대립하는 두 사회 속에서 만연하는 추악한 이기주의를 조명하고자 하는 작가의 의도가 느껴집니다.

이 작품은 일종의 성장 소설입니다.

주인공이 그 시대의 문화적·인간적 환경 속에서 유년 시절부터 청년 시절에 이르는 사이에 자기를 발견하고 정신적으로 성장해 나가는, 이를테면 자신을 내면적으로 형성해 나가는 과정을 묘사한 소설을 말하는데, 세상물정 모르고 고집불통인 도련님이 세상물정을 알기까지의 과정을 묘사하고 있습니다.

이 작품에서 올곧은 기질로 사회의 부조리와 위선에 맞

서는 주인공의 활약상을 통해 양심을 갖고 도덕적 윤리관을 추구하는 작가의 정신을 엿볼 수 있습니다.

겉과 속이 다른 빨강셔츠와 그의 추종자 알랑쇠, 여기에 맞서는 정의파인 멧돼지와 그 사이에서 오직 자기 안위만을 추구하는 너구리 교장 선생님, 인간이 어디까지 좋을 수 있을까 하는 의문을 갖게 하는 현존하는 군자상 끝물 선생. 그 속에 '마돈나 사건'이 벌어지고, 솔직 담백하긴 하지만 상황 판단이 느려 빨강셔츠의 교묘한 언변에 늘 놀아나던 주인공이 뒤늦게 정의파에 서면서 사건은 확산됩니다. 특히 주인공이 학생들과 벌이는 싸움 아닌 싸움을 통해 점점 더 흥미를 더해 갑니다.

이 작품에는 전체적으로 해학과 풍자가 깔려 있습니다.

그러나 진실이 왜곡되고, 부패한 사회를 향한 천진난만한 투쟁이 결국은 외면되어지고, 도덕의 깃대를 세우지 못

합니다.

파사현정(破邪顯正)이란 말이 있습니다. 사악한 것을 넘어뜨리고 정의를 일으켜 세운다는 뜻입니다. 파사(破邪)의 면에서는 성공했지만, 현정(顯正)의 면에서는 실패로 끝을 맺어 비극적인 현실을 다시 한 번 일깨워 주는 작품이라는 생각이 듭니다.

현실에 눈떠 가는 한 인간상을 다루고 있는 내용이어서 자칫 무거워지기 쉬운 주제임에도 불구하고, 작가는 명쾌한 구성요소를 갖추어 작품의 완성도를 높이고 있습니다.

이 작품은 이런 매력으로 말미암아 긴 세월 변함없이 국민적 교양서로 폭넓은 사랑을 받고 있는 듯싶습니다.

번역을 시작하는 순간의 두렵고 떨리던 마음이 어느덧 죄의 사함을 얻기 위해 내 자신의 전부를 벗겨 놓은 듯한

느낌입니다. 행여 부족한 저의 번역 솜씨로 인해서 작가의
작품에 누를 끼치지나 않을까 두려운 마음도 있습니다.
　아무쪼록 이 작품을 통해 여러분의 삶이 풍성한 행복으
로 넘치기를 바랍니다.

육후연